どうせ、この夏[illegible]わる

[著]――野宮 有
[イラスト]――びねつ

YU NOMIYA
& BINETSU
PRESENTS

This summer will
end anyway

「あれっ、俊吾じゃん。どうしたの？」
どうしたの、は
こっちの台詞だよ。
第１話
だから僕は青春をやめた

初恋は意外と死なない
第２話
時代遅れのゲームの中において、
僕たちはまさに無敵だった。
ああ、この時間が終わらなければいいのに。

第３話
潜在的に危険な星空
宝石箱をひっくり返したみたいに、
天球いっぱいに輝きが広がっている。
右も左も前も後ろも、
どこを見渡しても星ばかりだ。
長崎市
20325
長
し　8

第4話　さよなら前夜

「人類が滅亡した後の地球って、
きっとこんな感じなんだろうな」

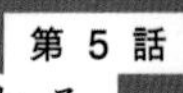

第5話
どうせこの夏は終わる

――どうせ世界は終わるのに、
どうしてあなたは
映画を撮っているんですか？

This summer will
end anyway

CONTENTS

YU NOMIYA
& BINETSU
PRESENTS

どうせ、この夏は終わる

This summer will end anyway

[著]——野宮有
[イラスト]——びねつ

avant title

「人生は映画に似ている。エンドロールが始まるまでは、何が起きても不思議じゃない」

長い黒髪を潮風にはためかせながら、小林先輩が呟いた。

午後三時半の桟橋に照り付ける陽射しは強烈で、長崎港に停泊する小型船舶たちも疲労困憊といった様子だ。

そんな灼熱地獄を制服姿で軽やかに歩く彼女は、それこそ映画の登場人物みたいに見えた。

「……何ですか？　今の、格言みたいなやつ」

「ふふん、たった今考えてみたんだ。どうだった？」

「自作自演とは恐れ入りました。面の皮が厚くて何よりです」

「相変わらず辛辣だなあ、弓木くんは」

「このクソ暑い中、感想を言わされる俺の身にもなってくださいよ」

「そのくらい我慢しなよ」

「無理です。完全にパワハラです」

「きみはアレだね。私が部長だってことを忘れてるね」

心底おかしそうに笑いながら、小林先輩はカメラのレンズを周囲に向けた。

波にたゆたう漁船やスポーツボート、魚を狙って上空を旋回するカモメの群れ、海面にちりばめられた宝石みたいな光の粒、子供の手の中で溶けていくソーダ味の棒アイス。

それらすべてを、彼女は玩具を与えられた幼児のような顔で撮影していく。

カメラは景色を切り取る機械じゃない。物語に脚色を加えるツールでもない。

世界のきらめきを映し出す魔法なんだ——ことあるごとに、先輩はそう語っていた。

この人は世界が終わる瞬間も何かを撮っているんだろうな、と俺は妙に納得する。

「しっかし、長崎の海は絵になるね」

「そうですか？」

「細長い湾になってるから、向こう側の陸地がすぐ近くに見えるのがいい。造船所のクレーンとか、冗談みたいに巨大なクルーズ船とか、外連味があるアイテムもたくさんあるし」

「先輩、鼻息荒くなってますよ。ほぼ不審者です」

「きみねえ、華の女子高生を摑まえて不審者だなんて……」

「でも、言ってることはちょっとわかります。綺麗ですよね」

「ふうん？」

「中途半端に田舎だし、若者人口は福岡に吸い取られるし、夏場はゲリラ豪雨ばっかりだし、嫌がらせみたいに坂道だらけの歪な土地ではありますけど」

「普通さ、ディスったあとに良いところを言うもんじゃない？　順番が逆なだけで悪意が三割増しになってるよ。まあ、これも面白い発見ってことかな？」

「……何でもポジティブに受け止めないでくださいよ。日本テニス界のレジェンドですか」

「カレンダー出す予定はないから大丈夫」

「そうですか」

「でもほんと、この街は今日も平和だねえ」

「……まあ、そうですね」

「あとちょっとで世界が終わるなんて、信じられないくらいだよ」

小林先輩が構えたカメラのレンズが、俺の顔に向けられる。

手で払いのける気力もなかったので、妥協案として俺はレンズを睨みつけた。摂氏四〇度近い熱気とか、宇宙の果てからやってくる途方もない暴力への怨嗟を瞳に込めながら。

それでも、レンズの向こうにいる小林先輩は笑っていた。

俺の厭世主義や、人の手じゃどうにもできない絶望なんてお構いなしに、世界を構成するすべてを肯定するような顔で笑っていた。

どうして、この人は世界を愛していられるんだろう。

そのレンズの向こうに、どんな光景を見ようとしているんだろう。

「あ、また難しい顔してる」

「俺には色々と考えることがあるんですよ」

「まるで私にはないみたいな言い方だ～」

「そんなことないですよ。先輩は思慮深い人です」

「棒読みじゃないですか」

「でも本心ですよ」

「そう？　ならいっか」

「……ちょろい人ですね」

「純粋なお方、と言い直しなさい！」

カメラを持ち運び用のケースに仕舞いながら、小林先輩は歩く速度を少し上げた。

潮風に吹かれて揺れる黒髪に、淡い光輪が浮かび上がっている。太陽光線を反射する海面よりも輝いて見える後ろ姿に、どんな言葉をかければいいかわからなくなる。

小林先輩は何かを撮ることに情熱を注いでいるけれど、当のこの人だって、カメラを向けるに足る何かを持っているような気がした。

「ときに弓木くん、今の時代をどう思うかね？」

「早朝にやってる討論番組みたいな質問ですね」

「茶化さないで答えなさい。今の時代をどう思う？」

「どうって……」

ここは正直に答えないといけない気がした。

「まあ、わりと最悪なんじゃないですか。近いうちに全部終わっちゃうわけだし」

そう？　と彼女は楽しそうに呟く。

「私はね、今が人類の歴史上で一番美しいと思ってる」

「……どうしてですか？」

「ここ一か月くらい、色んな人たちの物語を聞いて確信しちゃったね。この映画が完成したら、たぶんきみにもわかるよ」

小林先輩はこちらを振り向いて、自信満々に言い放った。

ほんとに反則的だな、と思う。

何一つ論理的じゃない台詞なのに、曇りのない瞳で見つめられると「確かにそうかもな」と思わされてしまうのだから。

「……わかりました。じゃあ楽しみにしてますよ」

「なに観客目線でいるの。きみもまだ手伝うんだよ」

「え、そうでしたっけ」

「私が何のために副部長の座を与えたと思ってんの」

「映研って二人しかいませんよね？」

「細かいことはいいのさ」

「それ、そんな万能な言葉じゃないですからね」

——まあいいや。

どうせ他にやることもないし、ダラダラ過ごしてたって結末は何も変わらない。

だったら、もう少し酔狂な映画監督に付き合ってみるのもいいかもしれない。

また桟橋をどんどん進み始めた小林先輩に追いつけるように、俺は足を前に踏み出した。

この夏が終わってしまうまで、時間はあと少しだけある。

1

だから僕は青春をやめた

YU NOMIYA
& BINETSU
PRESENTS

三橋俊吾

This summer will
end anyway

「だから僕は青春をやめた」

——三橋俊吾

1

俺が夜七時まで友達の家でダラダラ過ごしてきたあとも、矢城鈴音はまだフリースローの練習を続けていた。

バスケットボールは小気味いい音を立てて弾み、鈴音の小さな手に収まる。綺麗なフォームで放たれたボールは夕陽を浴びながら回転し、ゆるやかな放物線を描いてゴールネットに吸い込まれていった。

放課後、荷物を置くため一旦家に帰ったときにはもう練習していたので、鈴音はかれこれ三時間以上もボールを投げ続けていることになる。

Tシャツの色がオレンジから白に変わっているので、一度くらいは休憩を挟んだのかもしれない。とはいえ、有線のイヤホンを耳に突っ込んでボールを弾ませる彼女の集中力はすさまじかった。たぶん、俺がフェンス越しに見ていることにも気付いていないだろう。

今のうちに帰ろうと後ずさりしたとき、不運にも鈴音がこちらに目を向けてしまった。

ちょうど練習を切り上げるつもりだったらしく、彼女はバッグの置かれたフェンスの前まで歩いてくる。

「あれっ、俊吾じゃん。どうしたの？」

どうしたの、はこっちの台詞だよ。

そう言いたくなる気持ちをグッと堪え、俺は無難な返事を紡ぐ。

「今、ちょうど上原ん家から帰ってきたとこ」

「そっかー。……って、今何時⁉」

「もう七時過ぎてるよ。おばさんに怒られても知らねーぞ」

「やっば。連絡しないと！」

鈴音は部活用のバッグから携帯を取り出した。

慌てて手を伸ばしたせいで水筒が倒れたし、蓋をちゃんと閉めてないせいで水が少し零れた上に、ボールもコロコロと明後日の方向に転がっている。

そんな大惨事にも気付かずあたふたと電話をかけている彼女は、やっぱり小学生の頃から何も変わっていない。

「……ほんと、鈴音が西高のエースって信じられねーな。ポイントガードって、要するに司令塔みたいなポジションなんでしょ？」

「そうだよ。実は私、頭脳的なプレーが得意なの」

「小二の頃、九九が全然覚えられなくて号泣してたのに？」

「そんな太古の話は覚えてませーん！」

フェンスの扉から出てきた鈴音と一緒に、夜の住宅街を歩いていく。

長崎という街は、嫌がらせのように坂道が多い。

七月半ばの蒸し暑い中、山の斜面を強引に切り開いて造られた住宅街を歩くのはただの苦行だ。夜景が綺麗なのがせめてもの救いだったけれど、電力事情が厳しくなってきた昨今はその輝きにも陰りが見え始めている。

タオルで汗を拭きながら、鈴音は俺の隣を軽やかに歩いていた。

後ろで結んだ長い髪が、小動物の尻尾みたいに揺れている。そういえば、別々の高校に行く前は「セットするのが面倒くさい」って理由でショートカットにしてた気がする。

そんなことを回想しているうちに、はたと気付いた。

一〇年以上も幼馴染をやっている鈴音に、俺はどう話しかけるべきか迷っているのだ。

四時間に及んだフリースローの練習とか、先週終わったインターハイ予選とか、そういう真剣な話題に触れなくて済みそうな導入が全然見つからない。

「……あのさ」どうにか絞り出した。「さっきまで何聴いてたの？」

「え？」

「ほら、練習してる間ずっとイヤホンしてただろ」

　ああ、と呟（つぶや）きながら、鈴音（すずね）はバッグからスマートフォンを取り出した。今ではみんな、目覚まし時計か音楽プレイヤーとしてしか使っていない代物だ。

「〈コズモ〉って人知ってる？　三年くらい前――まだネットが使えてた頃にさ、ＹｏｕＴｕｂｅとかＴｉｋＴｏｋとかで人気だったんだけど」

「知らないなあ」

「何だっけ、覆面ミュージシャンってやつ？　一〇代の男性ってこと以外は全部謎なんだけど、すごくいい曲作るんだよ！　あのまま続けてたら、どっかのレーベルからデビューしてたんじゃないかな」

「へえ、今度聴いてみるよ」

「あ、でもたぶん、ＣＤ屋に行っても置いてないよ。ネット上だけで活動してたし。この曲も、昔ダウンロードしたやつなんだ」

「そっか、残念」

　データくれよ、とは決して言わず、作り笑いで話題を閉じる。

　それからは無言で、蝉（せみ）の声がうるさい坂道を延々と歩き続けた。このまま時間が五、六分くらい飛んで、鈴音（すずね）の家の前まで一瞬で到着すればいいのにと思いながら。

「……はーあ」

　必死の懇願もむなしく、鈴音（すずね）はついに切り出してしまう。

「練習だったら普通に成功するのにな～」

鈍感なフリをするのにも限界がある。かといって、話題を急に変えるのも不自然だ。

折衷案として、俺は声のトーンを意図的に上げることにした。

「気にすんなって。ＮＢＡとかＢリーグの選手でも、フリースロー外すことくらいあるだろ」

「まあね。……うん、でもやっぱり、もっと練習して成功率を上げとかないと。あんな悔しい思いはもうしたくないし」

成功率を上げてどうすんだよ。

来年の夏はもう、インターハイなんて開催されないのに。

「……すげーな、鈴音は」

無駄な努力だよ。もうやめない？

「いや、俺らなんか暇すぎて、上原ん家でクソゲー選手権を五日連続開催してたよ。みんなで浜町のゲーム屋に行って、一〇〇円で叩き売りされてるソフトを買い漁ってさ、どれが一番つまんないのか決めるの。みんなで協力して全クリするまで次のソフトに進めない鬼畜ルールだから、大崎ってやつが途中で絶望して泣き出しちゃって……」

そう、こういうのでいいんだよ。

適当に、気楽に、その場しのぎの高校生活を送ればいいんだ。

鈴音はもう充分頑張ったよ。世界がこんな風になっちゃったんだし、多少サボったって誰も責めたりしないよ。

「でもまあ、ネットが使えなくても案外大丈夫だよな。娯楽って意外とたくさんあるし、自分たちが昔の時代に生まれたと思い込めば……」

「なんかさ、変わっちゃったね。俊吾(しゅんご)は」

「え？」

「ちょっと前までは、そんな風にヘラヘラ笑う人じゃなかった」

坂道の途中で立ち止まって、鈴音(すずね)は俺をじっと見つめていた。

街灯が、彼女を真上から照らしている。

人工的な光で輪郭を彩(いろど)られて、その真剣な表情は直視できないほど眩(まぶ)しく見えた。

「……もう俺も一七歳だから。色々と大人になったんだよ」

「あ、またごまかした！」

「ごまかしてねえって。変な絡(から)み方(かた)やめろよ」

「だって事実じゃん」

「ほら、俺あそこのコンビニ寄ってくから。じゃあね」

ちゃんと笑えているかもわからない顔で手を振って、反対側の歩道へと向かう。

崖沿いに無理矢理建てられたコンビニのドアを手動で開けながら、ちらりと後ろを振り返ると、鈴音(すずね)はまだ何か言いたげな顔をこちらに向けていた。

どうにか目を逸らして、生温い店内に入る。

コンビニで買った牛丼を食べながら、自宅のリビングでテレビを見る。

国営放送の女性キャスターは、いつものように平和なニュースばかりを読み上げていた。

和歌山の動物園でタスマニアデビルの赤ちゃんが生まれ、青森ではイタコの修業をする女子大生が話題となり、福岡では明太子とパンケーキを組み合わせた謎のB級グルメが人気を博し、国連軍とNASAによる共同プロジェクトは今のところ順調だ。

国民の不安を煽らないため完璧に漂白されたニュースの数々を、真に受けて喜んでいるやつはどれだけいるのだろう。混乱を防ぐためにインターネットの使用が制限された今はもう、SNSなどで世間の反応を確かめることもできない。

――でも、まあいいか。

結局、俺はいつもと同じ結論に至る。

いちいち気に病んだところで何の意味もない。どうせ一市民の俺にできることなんて何もないし、〈運命の日〉に世界の行く末が決まるまでは気楽でいるべきだ。俺みたいな考えの人間がほとんどだから、長崎の街は今日も平和に回っている。

母親が帰ってきたのは午後一〇時頃だった。

医療機器メーカーでの社内恋愛を経て結婚した両親は、世界がこんなことになっても毎日遅くまで残業している。営業をやっている父親に至っては、一昨日(おととい)からずっと四国に出張中だ。あと九か月間生活するだけの蓄えはあるはずなのに、こんな状況で医療機器なんか売ったって空(むな)しいだけなのに、全くもって無意味な行動だと思う。

「ただいま、俊吾(しゅんご)。夜ご飯は食べたの？」

「うん、適当に済ませた」

何をするでもなくソファに寝転びながら答えると、キッチンの方から包丁で野菜を刻む音が聴こえてきた。

思わず起き上がって様子を窺(うかが)うと、あろうことか、こんな時間に帰ってきた母親が料理を始めていた。キッチンの上には玉ねぎとピーマンと豚肉のパックが見える。

さっき鈴音(すずね)に抱いたのと同じ種類の感情が、不意に湧き上がってくる。

どうしてみんなそうなのだろう。

どうして、意味のないことに時間を使おうとするんだろう。

「……疲れてないの？　今から料理なんて」

「最近はコンビニ弁当も種類少なくなってきたでしょ。自分で作った方が美味(おい)しいよ」

「そうだけど」

「それに、今は一食も妥協したくない気分だし」

冗談めかして笑う母親を見ていると、言わなくてもいい言葉が喉元をせり上がってくる。

「てかさ、お父さんもだけど……なんで毎日遅くまで働いてんの？　友達の親とかでも、仕事辞めてのんびり過ごしてる人とかけっこういるよ」

「長崎にも、質の高い医療を必要としてる患者さんはたくさんいるの。そんな人たちのために、こんな時代なのに毎日遅くまで頑張ってる医師たちもね。せっかく医療機器メーカーで働いてるなら、そういう想い（おも）に全力で応えてあげなきゃ」

「でも、もうそういう状況じゃないし」

「それに私、この仕事が好きだからね。生きがいがないと人生楽しくないでしょ？」

「……生きがい」

「人間は、ただ生きてるだけじゃ満足できない生き物ってこと」

「でも、仕事して金稼いでもどうせ――」

「俊吾（しゅんご）は、今の生活に満足できてる？　胸を張ってそう言える？」

「満足、はしてないけど、でも」

「……まあ大変な時代なのは確かだけど」母親は急に真剣な顔になった。「私たちには、残り時間を好きなように生きる権利があるんだよ」

一七年間も傍（そば）で見てきた瞳に、つまらない顔をした自分自身が映り込んでいる錯覚がした。

どんな返事をしても自己肯定感が下がってしまう気がして、俺はやむなく眠たそうなフリをする。

「……もう、寝るわ。ちょっと疲れてるし」

「ああ、うん。おやすみ」

「おやすみ」

ぎこちない欠伸とともにソファから立ち上がり、リビングを出る。

目は完全に冴えていた。

足を乗せるたびに軋んで音を立てる階段を上っているうちに、自己嫌悪が膨れ上がっていくのを感じる。

客観的に考えたら、この生活に大きな問題なんてないはずだ。

友達はそれなりにいるし、両親との仲もわりと良好。受験勉強のストレスとも無縁なので、毎日くだらない遊びに興じては誰かと笑い合っている。ほら、全然悪くない。

それなのに、どうして俺はこんなに苛立っているのだろう。

刻一刻と迫りくる理不尽への恐怖――そんな単純な理由じゃない気がする。

もっと局所的で、自分勝手で、場違いな感情が思考の中心に居座っている気がする。

本当はその原因に気付いているのに、目を逸らし続けているだけなのもわかっている。

どうにか自室に辿り着き、一目散にベッドに飛び込む。顔の半分を枕に埋めながら、畳敷きの狭い部屋を見渡してみた。

机の上のパソコンは埃を被り、小遣いを叩いて買ったヘッドホンもマイクも録音機材も、同じように埃まみれになって段ボール箱に収まっていた。その横でインテリアと化しているエレキギターを、俺はもうどれくらい触っていないのだろう。

――こんなものを後生大事に持っていたって無駄だ。

今更どんな風に努力したところで、淡い夢は永遠に実を結ばない。物理的に不可能だ。だったらもう、全部忘れて気楽に生きた方がいいことくらいわかっているのに。

未練や悔しさなんて、残り少ない日々では無駄な感情でしかないはずなのに。

それなのにどうして、俺は未だに割り切ることができていないのだろう。心の真ん中にぽっかりと空いた穴は、日々存在感を増していくばかりなのだろう。

「……なんでまだ捨てられないんだよ」

いつの間に、ギターがただの趣味以上の意味を持つようになった?

まだ世界が変わっていなかった四年前、駅ビルの楽器屋で最初に買ったときはもっと気楽だったはずだ。

そこに高尚な理由なんてなかった。世の中に何かを訴えかけようとか、己の中の衝動を表現に昇華しようとか、そんな格好いい動機なんて何も。

俺が音楽を始めたのは、ただ単純に、好きな女の子を振り向かせたかったからだ。

2

四年前

アスファルトに反射する太陽光線で全身を炙られながら、海が見える坂道を下っていく。

造船所の巨大クレーン。長崎湾を越えて世界に進出する豪華クルーズ船。海を挟んだ向こうには、斜面を削って造られた住宅地が広がっている。

見慣れた光景だけど、なぜか今はすべて新鮮に感じられた。

「二人きりで話すのって、いつ以来？」

「さあ、覚えてないな」

「なんか最近、俊吾が学校で避けてくるからさ」

「別に避けてないだろ」

新調した麦わら帽子を被り直しながら、鈴音が屈託のない笑みを向けてきた。

中学に上がってから、鈴音は直射日光を避けるようになっていた。

男子と一緒に外で駆け回っていた頃よりも肌は白くなり、日焼け止めのシトラスハーブの香りを全身から漂わせている。どんどん大人に近づいていく彼女を、昔みたいにまっすぐ見れなくなったのはいつからだろう。

「……そういや、最近バスケはどんな感じよ」

「全然ダメ。あと二年間でレギュラーになれる気しないよ」

「まあウチの中学って女子バス強いもんな」

「俊吾はまだサッカー部入らないの？　上原くんが必死に勧誘してるのに」

「夏休みが終わったら考える」

「あはは、来年もまったく同じこと言ってそう」

「だって、坊主強制なんて絶対嫌だもん」

母親の誕生日プレゼントを一緒に選んでくれ——俺がそういう口実を使ったから、たぶん今の状況は、鈴音の中ではデートにはカウントされてない。

家族ぐるみで仲がいい幼馴染が、まさか一世一代の勇気を振り絞って誘ったなんて、まるで想像もしていないのだろう。

坂を下りきって、俺たちは冷房がガンガンに効いた路面電車に乗り込む。この辺りにはプレゼントを買えるような気の利いた店なんて皆無なので、わざわざ長崎市の中心部である浜町のアーケード街まで出向かないといけなかった。

西浜町電停で降りると、鈴音は少しも迷わずにアーケードの方へと歩いていった。部活終わりに友達とよくこの辺りで遊んでいるらしく、彼女は人混みを掻き分けてどんどん進んでいく。基本的に出不精の俺としては、その軽やかな後ろ姿に付いていくのが精一杯だった。

ふわふわとした気分のまま、時間が流れていく。

アーケード内の雑貨屋をいくつか巡り、あーでもないこーでもないと議論しながらプレゼントを探し、結局百貨店の一階でハンドクリームを購入してから、屋上遊園地に並ぶレトロな遊具を眺めながらダラダラと休憩する。

塗装の剝げかけたベンチに座って自販機で買ったアイスを頬張る鈴音の、少しだけ汗が滲んだ横顔が、何だかとても大人びて見えた。

口の中が一瞬でカラカラに渇いてしまったのは、きっとそのせいだ。

「……今日はありがとう。付き合ってくれて」

臆病な俺は、変なことはまるで意識していないかのような声色で続ける。

「俺一人じゃハンドクリームなんて発想出なかったし。女子がいてくれて助かった」

「確かに、俊吾ってこういうセンスないもんね～」

「ちゃんと言われると腹立つな」

「だって昔、私の誕生日会で謎の石ころ渡してきた人だし」

「いつの話だよ。たぶん小二くらいだろ」

「あれって結局何だったの？　パワーストーン？」

「……覚えてない」

「なんか変な空気になって、最終的に俊吾（しゅんご）が泣き出しちゃったよね。どういう流れでそうなったんだっけ？　家に映像とか残ってるかな」

「……くそ、絶対誰にも言うなよそれ」

半ば本気で悔しがりながら、残りのアイスを口の中に放り込む。

どう考えても鈴音（すずね）は俺のことを幼馴染（おさななじみ）としてしか見てないし、二人きりで浜町（はまのまち）に来てるのに全然デートっぽい雰囲気になってくれない。子供の頃の話まで出てきたらもう終わりだ。この流れから、告白に繋（つな）げる手段なんて全く思いつかなかった。

——まあ、今回はこれでいいか。

どうせ、俺たちはまだ中学一年生だ。時間は無限にある。

この関係を先に進めるチャンスなんて、この先いくらでも残っているのだ。

戦略的撤退を決意したとき、鈴音（すずね）がアイスの棒をゴミ箱に投げ入れながら言った。

「あ、忘れてた！」

日陰にいるにもかかわらず、その笑顔はやっぱり直視できないほど眩（まぶ）しい。

「この近くにさ、ずっと行きたいところがあったんだよね」

鈴音（すずね）に先導されるままアーケードを離れ、日中は人気のない思案橋（しあんばし）の繁華街を横切って、辺鄙（へんぴ）な場所にある雑居ビルに入っていく。

鈴音は、案内板に書かれた『3F コバヤシ映画堂』という表示を指さした。

「この店、友達のお父さんがやってるんだ。知ってる？ 小林凜映ちゃん」

「あー、映画研究部の人？ 一学年上じゃなかったっけ」

「小学生の頃、絵画教室で一緒だったんだ。私はすぐ辞めちゃったけど」

俺は話したことがないけれど、小林凜映は校内でもトップクラスの知名度を誇る有名人だ。小学生の頃から映画を自主制作してるとか、映画作りに没頭しすぎて学校を二週間も無断欠席したことがあるとか、一人だけ熱意がガチすぎて映画研究部の部員がみんな辞めたとか、奇抜なエピソードには事欠かない。まさか、学年も違う鈴音と仲がいいとは思わなかった。

そもそも、映画堂ってのは一体どういうジャンルの店なんだろう。

疑念を抱きつつ、二人でボロボロのエレベーターに乗り込む。鉄の箱の速度は不安になるくらい遅く、老朽化が進んでいるのかモーター音がやけにうるさかった。

三階に到着すると、古い映画のポスターが大量に貼られた煉瓦の壁が出迎えてくれた。店の入り口らしきものはどこにも見当たらない。

「この壁が隠し扉になってるんだって」

その言葉を信じて、煉瓦の壁を手で押してみる。鈴音の言う通り隠し扉が回転し、こぢんまりとした店内が露わになった。

狭い店内は天井までの高さの棚に囲われている。棚には映画のＤＶＤ・ブルーレイやパンフレット、映画専門誌などが雑多に詰め込まれている。中央の低い台の上は特集コーナーになっているのか、音楽をテーマにした古今東西の映画が並べられていた。

今時珍しいけど、要するに個人経営のレンタルビデオ店なのだろうか？

「いらっしゃい。客が来るなんて珍しいな」

店の奥のカウンターに座っていた、髭面の男性が話しかけてくる。やけに店内が煙たいなと思っていたら、この人が盛大に煙草をふかしていたのか。

開口一番に自虐はどうかと思うけど、確かに俺たち以外の客は誰もいない。

「そういや、凜映のやつが今日友達来るかもって言ってたな。おたくら、海鳴中の生徒？」

「ええ、まあ……」

「悪いね。せっかく友達が来てくれたってのに、あいつは短編の絵コンテ描くとか言って部屋に閉じこもってるから。呼んできてあげようか？」

「あ、いえ、大丈夫です！」

俺と鈴音が幼馴染なのは周知の事実だが、さすがに二人きりでこんな店に来たことがバレたら大変なことになる。学校でイジられまくることは確定だ。

「そう？　ならいいけど」

と、恐らく友達の友達の父親である店主は紫煙を吐き出した。

「じゃ、ウチのシステムを説明しようか。棚にあるＤＶＤやら本やらは買ってもいいし、レンタルしてもいいし、他に予約が入ってなければ好きな作品を奥の部屋で上映してあげてもいい。あ、上映するなら学生は一人五〇〇円ね」

「上映？　そんなこともできるんですか？」

「映画は劇場で見るのが一番だろ？　一二席しかないけど、スクリーンと音響にはだいぶこだわってるよ。ちなみにポップコーンとコーラも売ってる。コンビニで買ったやつだけど」

「えー、面白そう！」一今日一番の楽しそうな声。「お願いしてもいいですか？」

「いいよ。じゃ、好きな映画を選んできな」

怪しさ満点の店主だが、鈴音の友達の父親なら信用できないこともない。ひとまず犯罪に巻き込まれる可能性はなさそうだと判断して、大人しく五〇〇円を支払う。

映画なんて金曜にテレビでやってる超大作しか観たことがなかったので、どの作品が面白いのかまるで判断がつかない。さりげなく恋愛映画コーナーに目を向けてみるが、さすがに露骨すぎるかと思い止まる。

結局、上映してもらうのは鈴音が選んだ作品に決まった。

音楽映画特集のコーナーに置かれていた、〈シング・ストリート〉というアイルランド映画だ。鈴音も知らない作品らしく、ＤＶＤのパッケージだけを見て選んだとのことだ。

アイルランドの映画が日本で翻訳されて流通していること自体初耳だったし、そもそもアイルランドが地球上のどこにあるのかもよくわからない。

頭の中でデタラメな配置の地球儀を回しつつ、店主に案内されて奥の部屋に向かう。

大きなスクリーンの前に、パイプ椅子が整然と並べられただけの空間だった。壁は黒い防音シートに覆われ、スクリーンの両脇には高そうなスピーカーがあり、いかにも本格的なプロジェクターが天井から吊り下げられている。

俺たちが中央付近の椅子に座ったのを確認すると、店主は部屋の照明を落とし、代わりにプロジェクターを起動させた。

「お二人さん、これは傑作だよ。楽しんでって」

彼の言う通り、映画はとても面白かった。

物語の舞台は、不況に喘ぐ一九八〇年代のダブリン（初めて聞く地名だ）。父親が失業したせいで治安最悪の公立高校に転校させられた主人公のコナーは、一目惚れした少女を振り向かせるため、うだつの上がらない仲間たちとともにロックバンドを結成する。

ヒロインとの恋模様や、抑圧された環境をロックで変えようとするコナーのキャラクターも魅力的だけど、特にすごいのは劇中に登場するオリジナル曲の数々だ。

どれも踊り出したくなるくらいポップで、格好よくて、ギター担当のエイモンと一緒に曲を作り上げていくシーンは涙が出そうになるくらい眩しかった。

青春の成分を凝縮して、高純度の音楽に練り上げたような作品だ。

たまには映画も悪くないなと思えるくらいには俺も感動したけれど、隣で観ていた鈴音のリアクションはそれ以上だった。

映画が終わって電気が点いたとき、彼女は目尻の涙を拭いながら幸せそうに溜め息を吐いていた。店を出て、路面電車に一〇分ほど揺られ、家へと続く長い坂道を上っている間も、一向に余韻が醒める気配はない。

鈴音はスマホで歌詞を検索しながら劇中歌の〈Drive It Like You Stole It〉をカタカナ英語で口ずさみ、等間隔に並ぶ街灯をスポットライト代わりにして踊っていた。

「本当いい映画だったね！　ちょっと私、ロックに目覚めちゃったかも」

「相変わらず影響受けやすいな。面白かったけど」

「コナーみたいにさ、無謀に夢を追いかける人って格好いいよね」

「まあそうだな」

「私、ああいう人大好きだな。憧れるよ」

「………え？」

何気ない笑顔が向けられた瞬間、脳内に凄まじい衝撃が生じた。

衝撃はエレキギターの音色となって脳神経を駆け巡り、映画で観た数々のシーンと混ざり合って、俺の目の前に閃きを連れてくる。

――そうか、そんな手段があったんだ。

幼馴染同士というだけの、どうにも煮え切らない関係を先に進めるためには、俺もコナーのような男になればいいのだ。

「どうしたの俊吾？　急に立ち止まって」

「鈴音」

「なに？」

「……俺も、ロックに目覚めちゃったかも」

貯金箱の中で眠るお年玉と、毎月のお小遣いの額を脳内で合算する。エレキギターがいくらするのかは知らないが、安い中古品くらいならきっと買えるはずだ。


そこから先の行動は早かった。

翌日にはもう長崎駅前の楽器屋に向かい、初心者向けのエレキギターを五〇〇〇〇円で購入。夏休みの宿題なんてそっちのけで、ひたすら基礎練習に励んだ。

一曲弾けるようになった段階で鈴音に披露しようと考えていたのだが、ＹｏｕＴｕｂｅｒが流行りの曲を弾き語りする動画を見て考えが変わった。

「人間の動きじゃない……」

左手が意思を持つ別の生き物のように躍り、複雑で繊細な音色が奏でられている。こんなに上手くてもプロにはなれないというんだから、ギタリストの世界はどれだけ厳しいものなのだろう。

急に、自分の演奏の低レベルさが恥ずかしくなってきた。

——鈴音を振り向かせるには、最低でもこの人くらいはできないと駄目だ。

なんとなく本来の目的から離れていく気もしたけれど、俺はどんどん音楽にのめり込んでいった。帰宅部の有り余るエネルギーを全部ギターの練習に注ぎ込み、浜町のTSUTAYAで借りた色んなバンドのアルバムを聴き漁った。

ただギターを弾くだけでは物足りなくなって、両親が家にいないときには弾き語りも練習した。やがて既存の曲をコピーするだけでは物足りなくなって、コードを爪弾きながらオリジナル曲を作ってみた。ついにはギターだけでは物足りなくなって、お小遣いとお年玉を総動員して買ったDTMソフトで本格的な作曲にも挑戦した。

どうやら俺には、曲作りの才能がそこそこあったらしい。

映画の主人公がバンド活動のときに使っていた〈コズモ〉という名義で動画サイトに曲を投稿しているうちに、それなりの反響が得られるようになった。顔も知らない人たちが自分の曲を聴いてくれていることが嬉しくて、どんどん新曲を作り続けた。

いつの間にか、俺はチャンネル登録者が五万人を超える覆面ミュージシャンになっていた。

東京にあるメジャーレーベルの担当者から連絡が来たのは、音楽を始めてから二年後——自分が現役中学生であることをSNSで公表した直後のことだ。

最初のうちは、何が起きたのかわからなかった。

手の込んだ特殊詐欺という可能性も何度か疑ったほどだ。

でも、メールでのやり取りを重ねるうちにそんな疑念も解けていった。

——自分の曲は、東京の大人たちの耳に確かに届いたのだ。

今まで感じたことのないような喜びが、身体の内側から湧き上がってきた。プロの世界なんて全然イメージできなかったけど、それでも胸の中には希望が満ち溢れていった。

これでやっと、伝えられる。

音楽をやっていることすら恥ずかしくて言えなかった、情けない日々ももう終わりだ。俺はメジャーデビューという無謀な夢を叶え、鈴音の恋人に相応しい男になったのだ。

あとはもう、鈴音を近所の公園に呼び出してすべてを伝えるだけ。

忘れもしない八月二三日、俺は意を決して鈴音にLINE通話をかけた。

五コール目でようやく通話に出た彼女の声は——寄る辺のない子供のように震えていた。

『……ねえ。テレビ、見た？』

「は？　テレビ？　見てないけど」

『じゃあ、今すぐ点けて』

「鈴音、テレビなんか見てる場合じゃないんだ。大事な話があるからちょっと公園まで……いや、まあその、大事な話って言ってもそんな深刻なアレじゃなくて、なんというかこう、真剣な感じで来られると緊張しちゃうっていうか」

『……はあ？　なに言ってんの？』

「だから、ちょっと公園でダラダラ話そうぜってこと！」

『……俊吾。今、ふざけてる場合じゃないんだよ』

「ちょっと、なに怒ってんの？」

『いいから、早くテレビ点けてよ！』

「……わかったよ。どのチャンネル見ればいいわけ」

『どれでも大丈夫。全部同じ映像を流してるから』

「はあ？」

通話はそこで切れてしまった。

不穏な気配を感じる。心臓の音がうるさい。

リビングに行ってテレビを点けるだけなのに、嫌な種類の汗が掌に滲む。

歩くのもぎこちなくなるくらい緊張しつつ階段を下り、俺はテレビの前で立ち止まった。

震える手で、リモコンの電源ボタンを押す。

そうして俺は、全世界同時中継のニュース映像を見た。

三年後の五月に、直径一・二㎞の小惑星が地球に衝突するのだという。

3

同時通訳の力を借りて国連の事務総長が語るところによると、小惑星〈メリダ〉の接近が日本人の天文学者によって観測されたのは一年前。

それから世界中の頭脳が集結して〈メリダ〉の軌道を計算し、つい先日、地球への衝突が不可避であることが判明したという。

地球の自転の関係で、矢面に立たされるのは広大なシベリア地方の森林になるらしい。人がほぼ住んでないエリアなら落ちても平気だよな、心配して損したよと一瞬思ったけれど、事務総長のポルトガル人は深刻な表情を崩さなかった。

同席していたNASAの科学者がマイクを引き継いだ。

『直径一・二㎞の小惑星が衝突した場合、ユーラシア大陸全体が甚大な被害を受けることになります。TNT火薬換算で四四八〇〇メガトン——広島型原爆の三〇〇万倍ほどのエネルギーが発生し、付近の都市は一瞬で壊滅します。さらに地震や火山の噴火など大規模な地殻変動が全世界で多発し、巻き上がった大量の粉塵で太陽光が遮られて氷河期が到来し、衝突から一年以内に約四〇億人以上が——』

——え、嘘だろ。

――なにこれ、人類滅亡ってこと？

――本当に？ ドッキリとかじゃなくて？

――というか、メジャーデビューの件はどうなんの？

――これじゃ、鈴音に告白するどころじゃないじゃん。

混乱しすぎて、逆に真剣味のない感想しか出てこない。

重力キーホールだのヤルコフスキー効果だのの解説はわけがわからないし、国連軍とNASAが共同で進めているプロジェクトの概要もいまいち理解できない。

不思議なことに、その時の俺の脳内を埋め尽くしていたのは、人類の未来に比べたら遥かにどうでもいい疑問ばかりだった。

＊

しばらくは、世界中が酷い有様だった。

国連の発表から数日経ってもドッキリのネタバラシがないとわかると、人々はまず混乱し、各国政府に説明を求めた。NASA発表の正確な軌道予測がメディアで報道され、総理大臣や大統領や国家主席やローマ法王が「報道はすべて事実である」と認めると、いよいよ世界の終わりが現実味を帯びてきた。略奪や暴動が日本を含む世界中で多発し、陰謀論や誹謗中傷が電子の海を飛び交った。小惑星が飛来する前に人類が勝手に自滅するんじゃないかと、当時の俺は本気で心配したものだった。

国連の発表から二年近く経った今、世界は意外にも落ち着きを取り戻している。

世界各地で起きていた略奪や暴動は次第に収まり、人類共通の敵ができたことで国同士のいがみ合いもずいぶん減った。

各国の軍隊や科学者が協力して、小惑星の軌道を逸らすプロジェクトが着々と進行しているのが主な原因だ。今年の一二月に予定されている計画実行日――いわゆる〈運命の日〉に、国連軍がうまいこと軌道を逸らしてくれるかもしれない――そういう希望が残っているからこそ、人類はまだ正気を保っている。

あと、混乱を防ぐために各国でインターネットの使用が段階的に制限されたことも大きいかもしれない。テレビやラジオなどの国が管理する媒体からは平和なニュースしか降ってこないし、何よりみんな、いちいち恐怖することに疲れてしまっていた。

この平和な世界は、現実逃避によく似た楽観主義で成り立っている。

けれど、俺はその風潮に上手く乗ることができないでいた。

――国連軍のプロジェクトなんて、どうせ失敗に終わる。

だって、普通に考えたらわかる話だ。

科学技術がいくら発展しているとはいえ、宇宙の果てから凄まじい速度で飛んでくる巨大質量をどうにかできるわけがない。

それに、表面上は協力しているように見える各国も、腹の底では権謀術数を巡らせているに違いないのだ。どうせ土壇場になって足の引っ張り合いが始まり、プロジェクトは頓挫する。昔、Ｎｅｔｆｌｉｘで観た映画でもそんな展開があった気がする。

まあ要するに、人類の滅亡は結局避けられないのだ。

人々の期待も空しく、来年の五月にはすべてが瓦礫と粉塵の中に埋められてしまう。

そんな状況で、夢だの目標だのに何の意味があるのだろうか？

いつの間にか白紙に戻ったデビューの話が復活することはないし、ネットが規制されている以上、せっかく作った曲を発表する場所すらない。だから必然的に、俺はプロのミュージシャンになることはできない。

でも、まあいいや。

だったらもう、全部やめてしまえばいいんだ。

どうせ叶わないなら、努力に裏切られることが目に見えているなら、最初から気楽な生き方を選んだ方が遥かにマシだ。

身を焦がすような感情はいらない。

脳髄を痺れさせるような幸福もいらない。

何も得ることがない代わりに何の未練も残さない生き方の方が、小惑星が落ちたときのダメージが少なくて済む。

だから俺は、ダラダラと流されるように生きることを選んだ。

決して流れに逆らわず、楽な方へ楽な方へと漂っていくだけの日々。

いざやってみると意外に楽しい。ネットが規制されても娯楽はそれなりにあるし、幸いなことに友達もわりといるから、退屈に殺されることもない。

焦燥に突き動かされてギターをかき鳴らしていた頃が遠い昔に感じられる。

どうして俺は、あんな無意味なことにすべてを捧げていたのだろう。

必死に頑張っても、最後の瞬間に諦めがつかなくなるだけなのに。

4

「そういや、これが最後の夏休みになるかもしれないんだよな」

一学期の終業式を済ませたあと、友達の上原がしみじみと呟いた。感傷的な言葉とは裏腹に、教室の机に足を載せて紙パックのレモンティーを啜る態度はだらけきっている。

国連軍のプロジェクトのために世界中の資源が使われているので、この長崎市でも電気代が異常に高騰している。親の預金残高を気にせずエアコンの冷気を浴びることができるのは学校くらいなので、放課後もみんなダラダラと教室に残っているのだ。

今日も俺たちは、何人かで教室の後ろの方に集まって、教師に強制帰宅させられるまでの時間を怠惰に過ごしていた。

「上原、ニュース見てねぇのかよ。作戦の成功確率が五〇％超えたって言ってただろ」

「……マジ？　どうせ人類滅亡すると思って全然勉強してねぇのに！」

「よし、こんなバカは路頭に迷っとけ」

「そんな……！」

「てかさ、成功確率五〇％なんて本当かね？」

「なー。パニックを防ぐために国連が嘘ついてんじゃね」

「……なあ、もし〈メリダ〉が本当に落ちてきたらどうするよ。このままじゃ俺、一度も彼女できたことないまま死んじゃうんだけど！　えっ怖い！」

「俺もだ。そろそろ動き出さないとな……」

「お前ら、本気出せばすぐできるみたいな言い方やめろ」

「そういう大崎はどうなんだよ」

「言っとくけど、俺は彼女いたことあるからな。……小二のときに」

「そんな大昔の栄光引きずってんじゃねー！」

むさ苦しい男どもが涙ぐみながら罵り合いを始めたので、そろそろ帰り支度を始めることにする。どうやら今日は誰かの家でゲームという流れにはならなそうなので、家に帰って漫画でも読むことにしよう。

「俊吾、もう帰んの？」上原が絡んでくる。

「うん。お前らの傷の舐め合いには付き合ってらんないからさ」

「あーあー、可愛い幼馴染がいる男は言うことが違いますねえ。今日も鈴音ちゃんとデートですか？」

「なっ……！」

別の高校に通っている鈴音のことを知っているのは、中学から一緒の上原だけだ。一〇年以上も片思いしてる幼馴染がいるなんて格好のイジられ要素なので、今の今までクラスの連中には秘密にしてきたのに。

案の定、血に飢えたゾンビどもがわらわらと群がってくる。

「……てめー三橋、その話詳しく聞かせろ」「抜け駆けなんて絶対に許さねえぞ。場合によっちゃ殺す」「お前だけは……お前だけは仲間だと思ってたのに」

「うるせえよ！　俺は帰る！」

「逃がすなっ！　拘束しろ！」

四方八方から手が伸びてきて、さっきまで座っていた椅子に引き戻されてしまう。尋問官は五人。もはや、鈴音との関係を白状しなければ帰宅は許されない状況だ。

仕方なく、俺は情けないストーリーを語り始めた。

小一の頃に矢城家が近所に引っ越してきてから、ずっと家族ぐるみの付き合いが続いていること。親たちには兄妹みたいな関係だと思われていること。いつの間にか彼女を目で追うようになっていたこと。庭で花火をしているときに、七色の光に照らされる横顔を見て「好き」という感情がはっきりと芽生えたこと。中学校までずっと一緒だったけれど、今までの関係を壊してまで告白する勇気がなかったこと。

別々の高校に行ってからは、会う頻度がずいぶん減ったこと。

「早く告らないと人類終わっちゃうぞ。どうすんだよ」

「いいんだよ、別に。向こうは向こうで頑張ってるし。邪魔しちゃ悪いよ」

「お前はなんつーか、たまにそうやってバリア張るよな」

「なんの話? ……まあいいや、もう帰るから」

涼しい教室から灼熱の廊下に出て、重々しい溜め息を吐く。

今俺は、本当に重大なことは何も言わなかった。

強豪校でバスケに打ち込む鈴音に、後ろめたさを感じていること。

夢を早々に諦めた自分の弱さを突き付けられている気がすること。

好きな気持ちは変わらないのに、いつしか鈴音を避けるようになったこと。

今ではもう、面と向かって何を話せばいいかもわからなくなってしまったこと。

――でも、まあいいや。

もし仮に、万が一告白に成功したとしても、恋が成就した喜びを噛み締めているうちに世界が終わってしまう。逆に失敗したときはもっと悲惨だ。苦しさと恥ずかしさに苛まれながら、残り少ない人生をやり過ごさなければいけなくなる。

だったら、最初から答えなんて出さない方がいい。

このまま鈴音と適切な距離を保っておいた方が、精神衛生上いいに決まっているのだ。

汗まみれになって長い坂を上っていると、前方からボールが弾む音が聴こえてきた。

よせばいいのに、俺の足は独りでにそちらへと向かってしまう。

急な斜面を切り崩して無理やり造られた公園の、フェンスに囲まれたバスケコートで、白いキャップを被った鈴音がフリースローの練習に励んでいた。

右手で照準を定め、左手でそれを支えて、呼吸を止めてシュートを放つ。

だむっ、しゅっ、ぽとん。

綺麗な放物線を描いたボールはバックボードの黒い枠の中心に当たり、少しだけ跳ねて真下のネットに吸い込まれ、ゆっくりとコートに落下した。

素人目には完璧に成功したように見えたのに、鈴音はあまり満足していないようだった。

ゴールの下で転がるボールを回収して、もう一度さっきと同じ動作を繰り返す。ボールが弧を描いて飛び、無事にゴールが決まる。それでも鈴音は納得しない。もう一度ボールを拾い、シュートを放つ。ゴールが決まる。もう一度。ゴールが決まる。もう一度。

いつの間にか、俺は拳を強く握りしめていた。

——なんなんだよ。

どうして、お前はそんなに頑張れるんだ。

どんなに努力したって、どれだけフリースローの成功率を上げたって、もう来年のインターハイは開催されないのに。

なあ、本当にわかってる？

直径一・二㎞の小惑星がシベリア地方に落ちて、日本も巻き添えを喰らって消滅するんだ。もしかして、長崎が西の端にあるからって油断してる？　残念だったな、一回図書館に行ってシミュレーション資料でも読んでみろよ。

俺は無駄な努力なんて意味ないと思ってるし、鈴音と違って器用だから、残りの人生をできるだけ気楽に過ごすことにしたよ。

だってそうだろ。

どんなに頑張っても、俺は物理的にプロになれない。どんなにいい曲を作っても、大勢の人に届けることはもうできない。

世界はもう変わった。能天気に夢を追いかけていた自分がバカらしく思えてくるくらい、決定的に変わってしまったんだ。

この世界にはもう、青春を懸けるに足るだけの希望は残されていない。

それなのに、どうして鈴音は。

「……今更」

思わず口に出していた。

集中の糸が切れたのか、鈴音はようやくフェンスの外の俺に気付く。イヤホンを外し、屈託のない笑顔でこちらへと歩いてくる。

わかってる。冷静にならなきゃいけないことくらい。

好きな相手を傷つけるわけにはいかない。ここで止めなきゃ駄目だ。

けれど、理性がどれだけ警告してきても——感情の方が先に決壊してしまった。

「今更、そんなに練習して何になるんだよ」

「どうしたの、いきなり」

「……鈴音のおばちゃんから聞いたよ。インターハイ予選で敗退してから、バスケ部のメンバーはみんな部活に来てないんだろ？　じゃあさ、一人だけ頑張ったって何の意味もないだろ」

ボールを小脇に抱えたまま、鈴音はきょとんとした顔でこちらを見ている。

「正直、サボってる部員の気持ちがよくわかるよ。強豪校の練習なんて絶対キツいから。頑張ればバスケが上手くなって、その結果全国に行けて、大学の推薦も狙えるって見返りがあればまだいいけど——今はもうそんな状況じゃない。

だったらもっと楽に生きようよ。難しいことなんて何も考えないでさ、その場その場で楽な方に流されてればいいだろ。どうせ報われないのに努力なんかするから苦しいんだって。あらかじめ怠惰に生きてれば、世界が終わっても『まあそんなもんか』って思えるんだって。そういうもんなんだ。人間、諦めが一番大事なんだよ」

七月の青空は腹立たしいほどに透き通っていて、陽射し（ひざし）の束が容赦なくコートに降り注いでいる。

なあ、そんな場所にいたら日焼けしちゃうだろ。

帽子だけ被（かぶ）ったって無駄だぞ。

ほら、中学の頃はあれだけ気にしてたのに――。

「わかってないなあ、俊吾（しゅんご）は」

それだけ言って、鈴音（すずね）はまたフリースローの練習に戻った。

狙いを定めて、呼吸を止めて、さっきまでと寸分違わぬフォームでボールを放る。

だむっ、しゅっ、ぼとん。巻き戻された映像のように、数分前と全く同じ成功シーンが再現されていく。

「……なあ」

だむっ、しゅっ、ぼとん。

「ちょっと、話聞けって」

だむっ、しゅっ、ぼとん。

「おい、鈴音？」

だむっ、しゅっ、ぼとん。

……さすがに腹が立ってきた。

怒りに任せてバッグを地面に叩きつけ、俺はフェンスの扉からコートの中に入っていく。

こちらを見向きもせずボールを弾ませている鈴音に近づき、両腕を広げてシュートコースを塞いでみせた。

「……もう、邪魔だなあ」

そう呟いて、鈴音は不敵に笑った。

俺より一回りは背の低い鈴音が、さらに姿勢を低くしてドリブルを開始する。

弾んだボールが目の前に来たので、反射的に腕を伸ばす。しかしそれは鈴音が仕掛けた罠だった。死角から突然伸びてきた右手がボールの軌道を変え、俺が突き出した手はあえなく空振りに終わる。

鈴音の動きは恐ろしいほどに素早かった。

緩急をつけたドリブルで俺は左右に揺さぶられ、そのたびに足がもつれて転びそうになる。

こんな素人くらいすぐに突破すればいいのに、鈴音はわざと動きを止めて、またあからさまな餌を撒いてくる。

「てめっ、ハァっ、素人で遊ぶなよ……！」

「悔しかったら止めてみなよ！」

右、右、続けて右に行くかと思ったら今度は左。

目まぐるしく進行方向が変わり、ボールも右手から左手にせわしなく移動し、もはや目で追うので精一杯になる。

もう、反則なんて知るか。

両腕をできるだけ大きく広げ、俺は体当たりも辞さない覚悟で鈴音へと迫る。

それでも鈴音の余裕は崩れない。彼女は悪戯めいた笑みを一瞬だけ浮かべ、右に大きく舵を切った。

今だ、と手を伸ばしたときにはもう、俺の敗北は決定している。

迂闊にも大きく開いた股の下にボールを通され、あえなく突破を許してしまう。完全に体勢を崩しながら背後に手を伸ばすが、鈴音はとっくにゴール前まで辿り着いていた。

レイアップシュートが丁寧に決められるのを、無様に尻餅をついたまま見届ける。

強烈な逆光の中でもわかるほどはっきりと、鈴音は勝ち誇った顔をしていた。

「残念、私の勝ち！」

「……はあ、はあ、はあ」

「あれ、大丈夫？　呼吸困難になってない？」

「……うる、せぇよ。はあ、だいたいな、俺が西高のエースに勝てるわけないだろ。運動なんて体育でしかしてないんだぞ。そこんとこ配慮しろよ」

「そんな偉そうに言うことじゃないと思うけど」

「ああ、もう駄目だ……水……」

「あはは、情けないなあ」

たった二分で限界を迎えた俺を、鈴音は軽口を言いながら水飲み場まで連れていってくれた。

ごくごくと水分を補給し、日陰にあるベンチに座り、たっぷり五分かけて呼吸を整える。

その様子を満足そうに見届けたあと、鈴音は急に真剣な顔になった。

「……本当は、私だって怖いよ。小惑星が落ちてきて人類が滅亡しちゃうなんて、怖くてたまらないよ。だけどさ、それで今までの努力が全部無駄になるなんて思いたくない。本当の気持ちを押し殺して、何でもないような振りをして残り時間をやり過ごすくらいなら、最後の瞬間までがむしゃらに足掻いていたい。私はそう思ってる」

「でも、まあしょうがないだろ。実際に……」

「俊吾って、そんなこと言う人だったっけ？」

「……なんだよ」

「『でも』とか『まあ』とか、自分自身に言い訳してるみたい」

「そんなこと……」

咄嗟に反論しようとして、しかし俺は言葉に詰まる。

国連軍のプロジェクトが失敗して、世界は本当に終わるかもしれない——でも、まあいいや。

プロのミュージシャンになる夢は、もう二度と叶わないかもしれない——でも、まあいいや。

鈴音に告白することもできずに、夏が終わってしまうかもしれない——でも、まあいいや。

でもという接続詞のその先で、俺が本当に言いたかったことは何なのだろう。

要領のいい自分を装って、世界を達観するフリをして、誰に強制されるでもなく握り潰してきた感情はどこに行ったのだろう。

本当は、俺はいったい何をしたかったのだろう。

「……鈴音は、どうしてそんな風に思えるんだ？　もう世界が終わるかもしれないのに、来年のインターハイはもう開催されないかもしれないのに、どうして一人でフリースローの練習なんか続けていられるんだ？」

5

「……私さ。中学三年間で、一度もレギュラーになれなかったんだよね」

鈴音の呟きは、言葉の意味とは裏腹に軽やかだった。

「そもそもバスケ始めたのだって、小二のとき俊吾にフリースロー対決で負けて泣かされたのがきっかけだし」

「……あったっけ。そんなこと」

「ほら昔さ、俊吾ん家に子供用のゴールがあったでしょ。台風で壊れちゃうまで、毎日そこでバスケやってたの覚えてない？」

「あー……そういえば」

「私って、根本的に才能ないんだよ。だから本当は、中学でバスケ辞めるつもりだったんだ。俊吾と一緒に海鳴高に通ってさ、文化系の部活に入るのも悪くないなって。ほら、美術部とか吹奏楽部とかも楽しそうだし」

「……どうしてそうしなかったんだ？」

「ロックに目覚めちゃったから」

「はあ？」

「うーん、これ聴いてもらった方が早いかな」

鈴音はバッグからスマホを取り出し、人差し指で何やら操作を始めた。

スピーカーから聴こえてきたのは、アコースティックギターの旋律だった。

簡単なコードをいくつか組み合わせただけの簡単な演奏で、録音機材がしょぼいのか音が少しくぐもって聴こえる。肝心の歌もやっぱり上手くない。英語の発音なんてもうデタラメ。中間テストで六〇点を取って喜ぶレベルの英語力で、洋楽なんかに挑戦するからだ。そもそも、素人のくせにマイナーな洋楽をアコギでアレンジしようという魂胆も気に食わない。

聴いているこっちが恥ずかしくなるくらい拙い演奏だが、胸の奥にあるどこか脆い部分を鷲掴みにされる感覚がある。

これを演奏しているとき、俺はとにかく切実だったのだ。

心の底から、音楽で何かを伝えたいと願っていたのだ。

「〈コズモ〉が最初にアップした曲。〈Drive It Like You Stole It〉のカバー。覚えてるよね？二人で観た映画の劇中歌だよ」

蟬の声がうるさい。

もっと、鈴音の言葉を鮮明に聴いていたいのに。

「このあとはどんどんオリジナル曲を投稿し始めて、フォロワーもどんどん増えて、気付いたらデビューの噂まで流れるようになっちゃった」

知ってるよ。

〈シング・ストリート〉の主人公と同じで、ギターをかき鳴らしているうちにカバー曲じゃ物足りなくなってきたんだ。いざ曲作りを始めてみたら意外と楽しくて、寝食も、最初の目的さえも忘れてのめり込んでいって——。

曲を停止させて、鈴音は穏やかに微笑んだ。

「こんなに近くにいる人が頑張ってたらさ、私もやらなきゃって思うでしょ？　だから、中学で一度もレギュラーになれなくても、そんなの関係ないから強豪校に行こうって決めたんだ」

「そっか。……って、え?」

「最初から知ってたよ。〈コズモ〉の正体が誰なのか」

「えええええっ!? なんで!?」

「……いや、私が近所に住んでるの忘れてない? 俊吾の家から、いっつも弾き語りの音が聴こえてたんだけど」

「うわ聞きたくなかった……恥ずかし……」

思わず絶叫しそうになる。弾き語りしていた曲の中には、中学生の自分から見ても青臭すぎてボツにしたラブソングなんかも多分に含まれているのだ。鈴音も歌詞までは聴き取れなかったと思いたいが、それは希望的観測すぎるかもしれない。

「……なあ鈴音。その記憶、ちょっと消してもらうわけには」

「無理だよ」

「頼む! そこを何とか!」

「俊吾って、要領いいフリしてるけど実はバカだよね」

そう言って鈴音は笑った。腹を抱えて盛大に笑った。俺も釣られて笑った。

確かに、俺はバカだ。バカで卑怯な臆病者だ。

そんなことに、世界が終わりそうになって初めて気付いた。

「で、質問の答えだけどさ」

目尻の涙を拭いながら、鈴音は続ける。

「私がフリースローの練習を続けてるのは、きっと地球が救われるって信じてるからだよ。だって、こんなに不器用な幼馴染が奇跡を起こしたんだよ？　地球にできないわけがないよ」

「……なんだよ、その理論」

「だから俊吾も、私のことを信じてみてよ。きっと地球は救われる。私はインターハイに出場できるし、俊吾はプロのミュージシャンになれる。だったらもう、ダラダラ過ごしてる余裕なんてないはずだよね？　みんながサボってる今のうちに、頑張って差を広げておこうよ」

ああ、と思った。

俺は、この暖かさを好きになったんだ。

言っていることは無茶苦茶なはずなのに、なぜか自信満々な言葉が心を緩ませてくる。無数の星が散る瞳が、有無を言わさずこちらを明るい場所へ連れ出してくれる。フリースローの練習をしているときも、家の庭で花火をしているときも、新品の麦わら帽子を被って海の見える坂道を下っているときも。

いつだって、鈴音の笑顔は暖かい光で縁取られていた。

結局俺は、もっともらしい言い訳を重ねていただけなのかもしれない。

傷つかないように予防線を張っていただけ。

逃げていただけ。勝負を放棄していただけ。

でもという接続詞のその先には、本当は、もっと往生際の悪い言葉が続いていたはずだ。

国連軍のプロジェクトが失敗して、世界は本当に終わるかもしれない。プロのミュージシャンになる夢は、もう二度と叶わないかもしれない。鈴音に告白することもできずに、夏が終わってしまうかもしれない。

——でも、絶対に諦めてたまるか。

もう、臆病者でいることにも飽きた。

これから先は、絶対に自分の感情からは逃げないと決めた。

「……鈴音。あのさ、大事な話があるんだけど」

「なに？」

「鈴音に伝えたいことがある。それを、曲にして聴かせたいんだ」

我ながら痛いことを言っているなと思ったけれど、鈴音は真面目な顔で頷いてくれた。

「……待ってるよ。私も、俊吾の曲をまた聴きたい」

七月の陽射しが鈴音の輪郭を彩って、直視したら目を灼かれそうなほどに眩しくなる。

世界がもうすぐ終わることとか、夏はもう二度と来ないこととか、そういう悲観的なことのすべてがどうでもよくなる。

奇跡を信じてみたい気分になる。

「俊吾にも、ようやくロックの精神がわかってきたのかな？」

「音痴のくせに偉そうに」

「おや？　また無様に尻餅つかされたいんですか～？」

「……鈴音、さっきの誰にも言うなよ」

「そっちの態度次第」

それから俺たちはまた笑い、昔みたいにくだらない会話を続けた。

帰ったら曲を作ろう。徹夜してでも作ろう。

ギターにはしばらく触ってないから、チューニングもかなり狂っているはずだ。最初のうちは指先も覚束ないだろうから、まずは簡単な曲で指慣らしをしてみるか。

さて、どんな曲を作ろう。

今までラブソングを完成させたことはないから、少し緊張する。

俺と鈴音にだけわかるメッセージを盛り込むのも悪くないアイデアだ。正直照れ臭すぎるから、「好き」とか「愛してる」とか、そういう直接的な語彙はなるべく使わないようにしよう。

じゃあ、どんな風に気持ちを表現する？

この感情を何に喩える？

どうすれば鈴音の心に響かせることができる？

「……ふふ」

「なにニヤニヤ笑ってんの？　気持ち悪いよ」

「うるさいな。いいから待ってろよ、すげぇ曲作ってやるから」

「うん、楽しみにしてる」

数分前よりも確かに成長した自分から、どんな曲が生み出されるのかを想像しただけでわくわくする。

本当に久しぶりの感覚だ。今なら何だってできる気がする。

だって、これは俺の人生だ。どこへでも行ける。

この夏が終わってしまう前に、思い切りアクセルを踏み込めばいい。

2

初恋は意外と死なない

YU NOMIYA
& BINETSU
PRESENTS

——初瀬歩夢

This summer will
end anyway

「初恋は意外と死なない」

——初瀬歩夢

1

夥しい数の銃弾が、吹き溜まりの街を引き裂いていく。

錆びだらけのドラム缶はあまりに頼りない。あと一分もすれば、後ろに隠れる自分たちごと穴だらけのスクラップに変換されてしまうだろう。

愛銃に最後の弾倉を充填しながら、レイモンドは苦笑する。

「ただの痴話喧嘩がこんな事態に発展するとはな。あんたも罪深い女だ」

「痴話喧嘩？　笑わせないで」

M3A1サブマシンガンの銃身を撫でながら、シャーリーは鼻で笑った。

「最初から、わたしは例のデータを盗むためだけにあの男に近付いたの。恋人のフリをしていただけよ」

「どうだかね」

「なに？　妬いてるの？」

「そっちこそ笑わせるなよ」鉄の暴風をやり過ごしながら、レイモンドは肩を竦める。「おれとあんたの関係は五年前に終わったんだ。今更嫉妬なんてするもんか」

「へえ……。じゃあ、なんで助けにきてくれたわけ」

「おめでたい思考回路だな。別にあんたを助けにきたわけじゃない」

レイモンドは深い溜め息を吐き出した。瞳の奥に覚悟の炎を灯したまま、襲撃者たちのリロードのタイミングを窺う。敵は五人。運が良ければ、一発も食らわずにこの窮地を突破できるかもしれない。仮にしくじったとしても、元恋人が逃げる時間くらいは稼げるはずだ。

男と女の視線がぶつかり合う。

たったそれだけの行為で、お互いの思考が手に取るようにわかった。

「……死にたいの？」

「おれを誰だと思ってんだ。あんな連中に後れは取らねえよ」

「あなたにはもう、わたしを逃がす義理なんてないでしょう。どうして命を懸ける必要が……」

「はあ、何度も言わせんなよ。……おれはただ、好きな女を苦しめるクソ野郎をぶちのめしたいだけだ」

レイモンドは薄く笑い、銃弾の飛び交う死線へと飛び出していった。

凄まじい衝撃波が木々をなぎ倒し、大地を抉り、灼熱の火球がユーラシア大陸全域に降り注いだ。

——そのとき、直径一・二㎞の小惑星がシベリアの森林地帯に衝突した。


もちろん、ここマルセイユの路地裏も被害を免れなかった。致死性の熱波がそこで暮らす八〇万人を建物ごと吹き飛ばし、あらゆる物語を塵に変えていく。かつて愛し合った二人の殺し屋と、彼らを取り巻く愛憎と策略さえも、宙に舞い上がる残骸と完全に同化していく。

一方その頃、レイモンドの妹が暮らすポーランドにも巨大な岩石が——

＊

「……いや、なんでだよ！」

文芸部の部室で、菅谷が僕の机に原稿用紙を叩きつけた。

「なんでまた唐突に小惑星降ってくるんだよ！　そんな伏線どこにもなかっただろ⁉　せっかく盛り上がってきたところだったのに……！」

なんでこいつは怒っているんだろうと疑問に思いながら、僕は熱いお茶を啜った。

「リアリティを重視した結果だよ。一年後には実際に世界が終わるのに、そこに触れないなんて創作者としてフェアじゃない」

「にしても、全部の小説が人類滅亡エンドなんておかしいだろ！　この前読んだやつなんて、開始三ページ目で人類が滅亡して、あとは延々荒れ果てた廃墟とかマグマの吹き溜まりとかを描写してるだけだったぞ……！」

「それがリアリティってものなんだ。僕は小説で嘘は書きたくない」

「日本の高校生がハードボイルドもの書いといて、何がリアリティだよ」

「……菅谷の意見を取り入れて、今回の滅亡は五〇ページ目まで引っ張ってみたんだ。だから、そんなに文句言うなよ」

「お前はアレか。人類を滅亡させないと気が済まない呪いにでもかかってんのか」

途中までは面白かったのによー、ともう一度悪態をついて、菅谷はコーラを呷った。

冷房がガンガンに効いた部室には、今日もクラスメイトが四人ほどたむろしている。

ボロボロのソファに寝転んで漫画を読んだり、机に突っ伏して惰眠を貪ったり、ただぼんやりと本棚を眺めていたりと、みんな我が家のようなくつろぎっぷりだ。夏休みまであと二日なのに、今からこんなにダラけていて大丈夫だろうか？

まあ、中学時代には考えられなかった光景なのは確かだ。

本来、こういう文化系の部活は部員と顧問以外の誰からも興味を持たれてなくて、卒業アルバムの集合写真を見て「へえ、ウチの学校ってこういう部活もあったんだ」と適当な感想を述べられる程度の存在感しかない。それが普通。

それでもここが男子たちのたまり場になっているのは、インターネットが制限されて娯楽が枯渇していることと、本棚に大量の漫画や小説が揃っていることと、バカみたいに高騰した電気代を一切気にせず冷房を享受できるのが原因だろう。

要するに、文芸部の部室は無料の漫画喫茶代わりに使われているのだ。

「なあ、次の小説はいつ書き終わるの？」

「そんなすぐに書けるわけないだろ。まだプロットを練ってる段階だよ」

「プロット？　何だそれ。イタリアのお菓子？」

「……いや、物語の設計図みたいなやつ。ほら、漫画でもまずネームとか書くだろ」

「ふーん、まあいいや。完成したらまた教えてくれよ」

適当だなお前、と愚痴りながらも、内心ではこの状況を楽しんでいる自分がいた。

二学年上の先輩たちが卒業してから、文芸部の部員はずっと僕一人だったのだ。それはそれで執筆に集中できるからいいかと思っていたが、自分が書いたものを誰かに読んで貰えることは確かにうれしいものだ。

菅谷以外の三人は、今のところ本棚にある漫画しか読んでくれないけれど。

「初瀬ってさ、やっぱプロとか目指してんの？」

「……無理だよ。どこの出版社も、今年の新人賞は延期にしてるし」

「その新人賞ってやつに応募しなきゃデビューできないの？」

「なろうとかカクヨムの人気作が書籍化されるパターンもあったけど、今はそもそもネットが使えないからな」

「ふーん。じゃあ、来年の賞に向けて書き溜めとこうぜ」

「来年なんてないよ。どうせ小惑星は落ちてくるんだから」

少し前、国営放送のニュースが国連軍のプロジェクトについての続報を伝えていた。最新のシミュレーションで、核兵器を使って小惑星の軌道をずらす計画の成功確率が五〇％を超えたのだという。

いやいや、たった五〇％？　そんなのお話にならない。ただのギャンブルじゃないか。ポケモンのわざなら余裕で不採用にするレベルだ。

だいたい、国営放送のニュースなんて市民をパニックにさせないよう検閲に検閲を重ねられたものでしかないのだ。実際の成功確率は一％にも満たないと僕は見ている。

今年の一二月に始動する計画は、きっと失敗に終わる。

もう、来年の夏は来ない。

「お前はほんと、びっくりするくらい悲観的だよなあ」

「物事を現実的に考えてるだけだよ」

「小説家目指してるんだったらさ、もっと夢を持っていこうぜ」

「何回も言ってるだろ。僕が重視してるのは作り手の妄想なんかじゃない。圧倒的なリアリティに裏打ちされた臨場感なんだ」

それから僕は、今回読んでもらった小説を書くために、どれだけ時間をかけて取材を重ねたのかを熱弁した。

ネットが使えない今、情報収集の手段は書籍しかない。長崎市内の図書館や古本屋をいくつも梯子(はしご)して、ヨーロッパの裏社会で流通している銃器の種類やその取り扱い方法、弾丸一発の末端価格に至るまでを調べまくった。もちろん、世界観を重厚にするためには土地の風土に関する知識も欠かせない。ロンドン・マルセイユ・ポーランドのルブシュ地方など、物語に登場するエリアの情報は可能な限り網羅している。

作品には書かない些細(ささい)な事柄まで徹底的に調べ抜くことで、読者を物語世界に引きずり込めるほど圧倒的なリアリティを作り上げる――それが僕の目指すべき作風なのだ。

熱を込めて語りすぎたせいか、ダラダラと過ごしていた他の三人がこちらを見ていた。

みんなが何事かと集まってきているのを知ってか知らずか、菅谷(すがや)は意地の悪い笑みをこちらに向けている。

「へえ、道理でねえ……」

「な、なんだよ？」

「ふーん、なるほどなるほど。まあ取材範囲が偏ってるもんなあ」

「ちょっと、言いたいことがあるならはっきり言えよ」

「初瀬くんさ、なーんか恋愛パートだけリアリティが足りないんじゃない？」

「なっ……⁉」

リアリティが足りない？

僕の小説が？　あんなにたくさん取材したのに？

「……い、いや！　主人公とヒロインが惹かれ合うプロットに矛盾なんてなかったはず……！」

「そうか？　シャーリーがレイモンドに惚れ直した理由が俺にはよくわかんなかったぜ」

「そんなことないだろ！　ほら、三五ページの、再会した二人がベンチに座る場面！　そこでしっかり二人の関係性をセットアップして……！」

「いいか、初瀬よ」

哀れむような目で、菅谷が僕の肩をポンポンと叩いてくる。

「座る場所にハンカチを敷いたくらいで惚れ直してくれる女なんて、昭和のトレンディドラマの中にしかいないんだ……」

「な……でも、僕が読んだ恋愛心理学の本には……」

無言で首を横に振る菅谷。

いつの間にか、机の周りに集まっていた連中も神妙に頷いていた。

――なんか、ものすごく嫌な予感がする。

「初瀬、お前の小説には体験が足りないんだよ」

いやいや、何を言ってるんだこいつは！

「本で学んだ知識には限界があんの」

小説なんて、僕が書いたやつしか読んだことないくせに！

「本当にリアリティを重視してるなら、そこんところをぼかしちゃ駄目だぜ」

てかこいつ、なんか楽しんでないか？

「いいか初瀬。ここにいる全員——俺も高井も佐々木も首藤も、実は可愛い彼女がいる！」

な……。

「なんだって……!?」

「そう怯えるな。落ち着いて、深呼吸をしろ」

「……別に過呼吸にはなってないけど」

「おい、誰か水と酸素ボンベを！　このままじゃ危険だ……！」

「だから、そんな漫画みたいには動揺してないって」

完全に嘘だ。

本当は死ぬほど動揺している。

部活にも生徒会にも入らず、授業が終わったら所属してもいない文芸部に来て、何の目的もなくダラダラと過ごしているような連中だから油断していた。もれなく全員、女友達すら一人もいないような、うだつの上がらないやつらだとばかり……。

小惑星が落ちてくるより先に、僕の中の世界が崩壊していく。今座っている場所にぽっかりと穴が開いて、奈落の底へと引きずり込まれそうな錯覚がする。

「お前の小説は確かに面白い。唐突に小惑星が衝突してくる欠点はあるけど、まあそれを込みにしても充分面白い。……だからこそ、今ここで一皮剝ける必要があるんだ」

「ど、どうすればいいんだよ」

「……ときに初瀬。お前、好きな子はいるのか？」

「え？……いない、けど」

「そんなんじゃ駄目だ！」

ばん、と机が叩かれる。

恐る恐る他のみんなに目を向けると、案の定、突然始まった菅谷の奇行にドン引きしていた。

「本当の恋を知るんだ、初瀬。別に失恋してもいい。誰かに想い焦がれるっていう体験が、お前の小説に深みを与えてくれる……」

「なあ、僕別に恋愛小説を書きたいわけじゃ……」

「だまらっしゃい！」

「だ、だま……？」

「いいか、はっきり言って俺たちは退屈なの！部活も入ってねえし、こんな状況じゃ勉強なんかやってらんねえし、ネットが規制されて娯楽もロクにねえし……じゃあ誰かの面白エピソード聞いて暇を潰すしかねえだろ！　なのにみんな彼女ができてから落ち着いちゃってさあ、面白い話題なんて全然ないわけよ……！　いいから早く好きな子でも見つけて、俺たちに娯楽を提供しろ！」

こ、こいつ、それが本音なのか……。

人をコンテンツ扱いするなんて外道にも程がある……！

「ふ、ふざけんな！」

ばん、と僕も机を思いきり叩きつけた。

「僕は寝る間も惜しんで努力して、最高に面白い小説を書かなきゃいけないんだよ！　世界が終わるまであと少しなのに、恋愛なんかにかまけてる場合じゃない！」

心底頭にきた。

僕は菅谷の手から原稿用紙を奪い取り、部室の鍵も何もかもそのままにして、逃げるように出口へと走る。

「いいのか？　一度も彼女できたことないまま世界が終わっても。本当はお前だって、好きな子の一人くらいいるんだろ？」

「……い、いるわけないだろ！　僕はそんなに暇じゃないんだ！」

本当は、一人の女の子に報われない恋をしている真っ最中だった。

完全に嘘だ。

2

彼女のことを、僕はよく知らない。

わかっているのは、彼女が僕と同じ海鳴高の制服を着ていることと、制服のリボンの色が青なので恐らく三年生であることと、白金色の髪と翡翠色の瞳がとても美しいことと、場末のゲームセンターに出没する凄腕のガンマンであることくらいだった。

部室を飛び出したあと、名前も知らない彼女のことを思い浮かべながら、うだるように暑い坂道を下っていく。

日本の西の端にある長崎は陽が暮れるのも遅く、一八時でもまだ太陽が殺傷能力を保っている。コンビニで買ったソーダ味のアイスを気休め程度に舐めながら、僕の両足は自然と路面電車の電停近くにあるゲームセンターに向かっていた。

その店は昭和初期からあったんじゃないかと疑いたくなるくらいボロボロな外観をしていて、看板に書かれている店名はかすれて読めなくなっていた。しかも、置いてあるゲームは何世代も前のものばかり。

せっかく電停前にあるのに、僕はこの店が繁盛(はんじょう)しているのを一度も見たことがない。だいたい、この蒸し暑い中、冷房もロクに効いてないゲームセンターで遊ぼうとする物好きなんてほとんどいないはずだ。

恐る恐る中に入って、格ゲーに興じるフリをしながら店の奥を覗(のぞ)き込(こ)む。

やっぱり彼女は、すでにバラックM31の銃身を画面に向けていた。

ジャン・バラックス社製の自動拳銃(オートマチック)〈バラックM31〉は、製造終了になった今でも世界中のガンマニアから愛されている名作だ。彼女がプレイしているシューティングゲームは有名なクソゲーらしいけど、なぜか銃の再現度だけはすこぶる高い。

名前も知らない高校の先輩が、凄(すさ)まじい速度で迫りくるゾンビどもに二度目の死を与えていく様子をこっそりと見守る。

彼女の動きは、信じられないくらい鮮やかだった。

一八発を撃ち終わると足元のペダルを踏んで遮蔽物に隠れ、銃身のスライドを引いて手早くリロードを済ませると、再び亡者(もうじゃ)たちに鉛弾の雨をプレゼントする。

銃弾の一発一発が、激しく動き回るゾンビたちの頭部を正確に捉えていくのが凄(すさ)まじい。古い筐体(きょうたい)だからセンサーの感度も悪いはずなのに。たぶん、引き金を引くまでの一瞬でそのズレを計算して照準を合わせているのだろう。

まさに神業だ。

そうとしか言いようがない。

口許(くちもと)に狂暴な笑みを浮かべて銃を乱射する彼女は、〈バイオハザード〉のアリスのように苛烈で、〈キル・ビル〉のザ・ブライドのように個性的で、〈ベイビーわるきゅーれ〉のまひろとちさとのように愛らしくて、〈アトミック・ブロンド〉のローレンのように美しかった。

ごくり、と僕は生唾を呑(の)み込(こ)む。

いつの間にかソーダ味のアイスが溶けて、無防備な右手がべたべたになってしまっていた。我ながら気持ち悪い。気になる女の子に声もかけられず、無様な姿で遠くから眺めているしかないなんて。

トイレで手を洗って戻ってきたときにはもう、彼女の戦いは終わっていた。

彼女はようやく店内の暑さを思い出したかのように手で顔を扇(あお)ぎ、足元に置いていた三ツ矢サイダーを美味(おい)しそうにごくごくと飲んだ。それから大量の缶バッジやキーホルダーが取り付けられたスクールバッグを持ち上げ、汗を拭いたタオルを首にかけたまま、夕焼けに染まる店の外へと歩いていった。

その後ろ姿は、人知れず世界を救ったあとの英雄のように見えた。

「いったい何者なんだ……？」

僕の知る限り、彼女は毎週のようにこのゲームセンターに来ては、なぜかチープなシューティングゲームに没頭している。

ゲームの名前は〈ZOMBIE SHOOTER〉。

なんて捻りのないネーミングだ。

ストーリーはもっと大雑把。何らかの理由で荒廃したロサンゼルスを舞台に、人類最後の生き残りであるガスタとノエルの二人が、迫りくるゾンビどもを駆除しながら街の外を目指すというありきたりなものだ。

グラフィックがやけに粗く、ゾンビの造形がいまいち怖くないのは二〇年前のゲームだから仕方ないにしても、誰も満足に遊べないほど難しいのはさすがにいただけない。

ゾンビなのに俊敏で予測不能な動きをする雑魚敵、頭部以外はどこを撃っても死なない鬼設定、何度もプレイして身体で覚えなければ回避できない奇襲の数々、一八発撃つたびにいちいちリロードしなければならない煩雑さ、開発者の悪ふざけとしか思えないほどボロボロな主人公の耐久力、おまけにコンティニュー不可という嫌がらせのような仕様——原因を一つずつ挙げればキリがないが、とにかくこのゲームの難易度は狂気じみている。

あの少女が帰ったタイミングを見計らって僕も何度かプレイしてみたが、第一ステージすらクリアできた例がない。

今日も同じで、画面外から突然飛んできたゾンビの腕に引っ掻かれてめでたくゲームオーバーを迎えた。

暗くなった画面には、『TOP SCORE PLAYERS』の表示。

一位から一〇位までのランキングは、すべて〈Alice〉というプレイヤーが独占している。恐らく、これが彼女のハンドルネームなのだろう。

その彼女にしたって、全面クリアまでは達成できていないらしい。

「……くそ。あの人、なんでこんなのにハマってんだよ」

僕は彼女のことを何も知らない。

見るからに青春を謳歌していそうな彼女が、もうすぐ世界が終わるというのにこんなクソゲーに熱中している理由なんて想像できるはずもない。そんな彼女に話しかける口実なんてもっと知らない。

どうせ、彼女の名前すら訊けないままこの夏は終わっていくのだろう。

計三〇〇円が筐体に吸い込まれた頃には、もう陽が暮れ始めていた。

そろそろ帰らないと。自販機で買ったコーラで喉を潤し、少しも涼しくなっていない街へと這い出る。

またあの坂を上らないといけないのか、と憂鬱になりながら一歩目を踏み出した瞬間、後ろからいきなり声をかけられた。

「よう初瀬。奇遇だな」

弾かれたように振り返る。

そこには、さっき部室で的外れなアドバイスをかましてきた、クラスメイトの菅谷がいた。

僕が硬直して動けないのをいいことに、菅谷は馴れ馴れしく肩を組んでくる。

「ふーん、なるほどねえ……。最近こいつガンアクションものばっか書いてねえかと思ってたら……へー、あの人がモデルだったわけか」

「な、何の話だよ！」

こいつ、まさかずっと見てたのか？

「おお、この期に及んでどう言い訳するつもりかな？」

「うるさいっ！　本当に心当たりがないんだよ！」

「そんな態度でいいのかな？　後悔しない？」

「何が言いたいんだよ。僕はもう帰る！　我が家は門限が厳しいんだ！」

「あの人の名前、教えてあげてもいいけど？」

「は……？」

なんでこいつが知ってるんだよ。向こうは一学年上の先輩だぞ。

彼女持ちだと人脈まで広くなるのか？　え、まさか菅谷の彼女があの人ってこと？

はあ？　わざわざ自慢しにやってきたのか？　なんだこいつ性格悪すぎ――

「……いや、なんちゅう顔してんだよ。殺気が漏れ出してるじゃん」

また見当外れなことを言いながら、菅谷は呆れたように笑った。

「安心しろって。俺の姉貴が、あの人と同じクラスってだけだから」

「……どうして僕が、それを聞いて安心しなきゃいけないんだよ」

「素直になれって。お前の言う通り小惑星が落ちてくるなら、これが最後の夏になるかもしれないんだぞ？」

それから菅谷は、姉経由の情報を一方的に語り始めた。

彼女の名前は浮橋アリス。海鳴高校三年四組。帰宅部。離婚したお父さんがアメリカ人で、八歳まで向こうで暮らしていたとのことだ。

当然のように英語はペラペラ。スペイン語も日常会話レベルなら話せるトリリンガルだが、学校の成績はそこそこ。どちらかというと座学よりも身体を動かす方が好きで、教室の机の中にはいつもお菓子の袋が保管されているタイプ。やっぱり友達は多いらしい。

「ああ、肝心な情報を言い忘れてた」

振り払おうとする僕を無視して、菅谷が耳元で囁いてくる。

「浮橋さん、今彼氏いないらしいぞ」

だからどうした、と口でも言いながらも、心臓の鼓動はやけにうるさかった。

海鳴高の夏休みなんて、正直あってないようなものだ。

終業式の二日後から始まる夏課外で、午前中だけとはいえ毎日普通に授業があるのが原因だ。

この悪習があるのは九州だけらしいとか、どうやら夏目漱石が諸悪の根源らしいとか、無断欠席しても実は怒られないらしいとか、真偽不明の噂は色々ある。もちろん、冷房を無料で享受するために。

けれど、他に娯楽もない今はほとんどの生徒がちゃんと出席している。

僕もまた、そういう無気力な生徒の一人だった。

学校の授業なんてほとんど頭に入ってこない。

数学の公式も世界史の重大事件も、浮橋アリスに彼氏がいないという事実に比べれば些事にすぎないのだ。

……というか、あの人アリスっていうのか。ハンドルネームのまんまじゃないか。

三限までの課外授業が終わった瞬間、前の席の菅谷が上目遣いで頼んできた。

「初瀬くーん。部室で昼飯食べていい？」

こっちはそれどころじゃないのに。

「僕は最近忙しいんだよ。部活なんかやってる場合じゃない」

「じゃあ部室開けてくれるだけでいいからさ〜」

「そんなの無理に決まってる」

「マジかよ。気兼ねなく冷房使えるのあそこだけなのに……」

どうやらこいつには、大人しく帰宅するという選択肢はないらしい。

「……前みたいに、陽が暮れるまで教室に残ってればいいだろ」

「それ先生に怒られて禁止されたんだよ。頼むよ～熱中症になっちゃうよ～」

「じゃあ他の部のやつに頼み込めよ。僕は帰る」

最近忙しいなんて大嘘だし、帰ったところでやることなんて何もない。

ただ単に、小説を書けるような精神状態じゃないというだけだ。

彼氏がいない。彼氏がいない。浮橋アリスには彼氏がいない——僕の粗悪な脳味噌の中では、そんな情報で渋滞が起きている。

いいから、冷静になれよ。

あの人に彼氏がいないから何だって言うんだ。

たとえ今席が空いていたとしても、そこに座る権利を得るためには数多の試練を潜り抜けなければいけないのだ。容姿に恵まれているわけでも、何か飛び抜けた才能があるわけでもなく、そもそも現時点では知り合いですらない僕にはエントリー権すら与えられていない。しかも、ライバルは山のようにいるはずだ。

放課後すぐ家に帰っても悶々とするだけなので、僕は珍しく路面電車に乗って浜町の繁華街にやってきた。

観光通電停を降りてすぐのマクドナルドで昼食を済ませ、遊ＩＮＧで好きな作家の小説を買って、そのあとは特に目的もなくアーケードをウロウロする。いつも試食を配っている岩崎本舗の角煮まんじゅうを頬張りながらしばらく歩くと、脇道にゲームセンターを見つけた。

ここはちゃんと冷房が効いているし、何より筐体も新しいものが揃っているので、店内は暇を持て余した若者でごった返している。あの場末の店とは大違いだ。

見込みのない恋について連想しそうになったので、僕は慌てて踵を返す。

――もういいよ。この辺りで現実に戻ろう。

どうせ僕はあの人の彼氏にはなれないし、そもそも名前を認識してもらうことすらできないだろう。この恋はもう死んだも同然。結末なんて最初から決まっている。

でも、人生って元来そういうものだろ。

小説を書くには『体験』が必要だって菅谷が言っていたけれど、この淡い失恋だって立派な体験なんじゃないか？　それに、成就した恋ほど語るに値しないものはないんだ。あの森見登美彦だって小説にそう書いてる。

どうせ小惑星が落ちて世界が終わるのだから、こんな感傷もいつかは忘れる――言い訳めいた思考がそんな段階まで到達したところで、僕はふと思い立った。

「……映画でも観るか」

小説を書くことと、小説を読むことの次に大好きなのが映画だ。

最低でも九〇分は強制的に物語の中に引きずり込まれるので、余計なことを考えたくないときにはもってこい。特に今日は、頭を空にして楽しめるアクション映画が観たい。

映画館に行く金はないし、そもそも去年くらいから新作映画はほぼ作られてないし、レンタルDVDを再生する機械は家にないし、ネットが使えないので当然サブスクもない。だから、目的地はおのずと一つに絞られる。

繁華街の外れの外れにある雑居ビルに、〈コバヤシ映画堂〉という店がある。

煙草臭い店内に陳列された映画のDVDをレジに持っていくと、予約が入ってなければ奥の部屋で上映してくれるという謎システムだ。いつ行っても客は僕一人しかいないので、たぶん慈善事業のようなスタンスでやっている店なんだろう。

「いらっしゃい。客が来るなんて珍しいな」

いつもの髭面の店主が、面倒臭そうに声をかけてきた。この店にはもう三回くらい来ているはずだけど、一向に顔を覚えられる気配がない。

「今日、上映の予約は入ってますか」

「今日も明日も明後日も、そんな予約は一つも入ってないよ」

「……大丈夫ですか、経営とか」

「はは。どうせ世界が終わっちゃうのに、金なんか稼いでも意味ないでしょ」

大人が唐突に繰り出す自虐への対処法なんて知らないので、曖昧に笑ってやり過ごす。僕も人のことは言えないけれど、この時代を生きる人々はどこか諦念に塗れている。

気を取り直して、映画探しだ。

一〇分もいれば服に煙草の匂いが付きそうな店だけど、取り揃えている映画のセンスだけは抜群にいい。

当然のようにA24スタジオの作品は網羅されているし、クエンティン・タランティーノ、マーティン・スコセッシ、エドガー・ライト、デイヴィッド・リーチ、白石和彌、阪元裕吾あたりの監督作ももちろん全作品揃っている。頭の中を覗かれてるんじゃないかと思うくらいドンピシャなラインナップだ。

僕があまり観ないジャンルの作品も邦画・洋画問わず色々と揃っているので、店主は相当な映画好きなのだろう。

でも今は、もっと大味なバイオレンス映画の気分。

「やっほー！　おじさん、今日は凜映ちゃん来てる？」

いきなり、天真爛漫な少女の声が店内に響き渡った。

棚で隠れて姿は見えないけれど、まさかこの店の常連なのだろうか？

「ついさっきまではいたんだけどなあ。なんか、素材撮影してくるとか言って街に繰り出しちゃったよ」

「あはは、あの子らしいな～。まあいいや、なんか映画観ていっていい？」

「いいよ。今のところ予約はないし……」

いや、さっき僕が口頭で……。

思わず口を挟もうとしたとき、店主がようやく僕の存在を思い出したようだ。気まずそうに咳払(せきばら)いをして、あろうことか「早い者勝ちだよ」と言い放った。

冗談じゃない。

こっちは初めての恋を早々に諦めたばかりで、人生最悪の気分なんだ。銃声と血飛沫(ちしぶき)が踊り狂うバイオレンス映画を大画面で観(み)ないと感情を立て直せそうにない。今来た少女は常連客なのかもしれないけど、ちょっとここは引き下がってほしい。

店内のどこかにライバルの気配を感じながら、パッケージの海を泳ぐ。眼球の速度を最大化させて、今の気分に最適な映画を探した。

難しいことは何も考えたくないので、観(み)たことのある作品の方がいいな。

何度も観(み)て、ほとんど筋書きを覚えてしまってるようなやつがいい。

店の中央付近に、店主おすすめ映画のコーナーを見つけた。

どうやら今日はゾンビ映画特集らしい。

ホラーはあんまり好きじゃないけど、ゾンビ映画ならまあいいかな。ああいうのって半分お祭りみたいなもんだし、そこまで怖くはないはず……。

「……あれ」

古今東西の隠れた名作の中に、この店にしては珍しい超大作が紛れ込んでいた。

〈バイオハザード〉。

言わずと知れた日本の大人気ゲームが原作で、一昔前は毎年のように地上波ゴールデンで放映されていた作品だ。続編の出来については色々言われてるけど、シリーズ一作目はけっこう面白かった気がする。

ミラ・ジョヴォヴィッチが演じる主人公の名前は確か——アリス。

アリス。浮橋(うきはし)アリス。

どうしよう、アリスじゃないか！

全然忘れることができてなかった名前を連想してしまって、僕はきつく目を閉じた。

忘れろ。早く忘れろ。

どうせ、自分の人生には何の関係もない人だろ。

だから、早く忘れろって——。

脳内に拡散される言葉とは裏腹に、僕の手は独りでにパッケージへと伸びていた。

そして——視界の外から突然伸びてきた、綺麗(きれい)な手とぶつかり合う。

「……あ」

「……あ」

間抜けな声が二人分響き、僕の時間は完全に停止する。

同じ映画のパッケージに手を伸ばした常連客——白金色の髪と翡翠色(ひすいいろ)の瞳がとても美しいその人は、今まさに僕が忘れようとしたはずの相手だった。

3

浮橋（うきはし）アリス。

菅谷（すがや）のお姉さんのクラスメイトで、アメリカと日本のミックスで、嫌でも目を引くほど美しい容姿をしていて——場末のゲームセンターに出没する凄腕（すごうで）のガンマン。

不可抗力で手と手が触れ合っていることに気付き、慌てて引っ込める。彼女は僕が自分と同じ高校の制服を着ていることを認識したらしく、驚くほど早く警戒を解いた。

「あれ、海鳴高（かいめいこう）の子？　ネクタイが緑ってことは〜二年生だ！」

「…………ハイ」

「へー！　この店はよく来るの？」

「…………ハイ」

なっ、この人まさか……！

——コミュ強だ……！

初対面の相手に臆することなんて皆無。親しみやすさ全開で話しかけてくるし、かといって強引に距離を詰めてくることもなく、こちらが気まずくならないよう適度に気を遣ってくれているのもわかる。

僕よりも少し背の高い彼女を見上げながら、なんだか納得してしまう。

冷静に考えたら当然だ。

この人は帰国子女。想像でしかないけれど、幼い子供が異国の環境に適応するというのは、相当な対人関係スキルが要求されることなのだと思う。自分の世界に閉じこもって小説ばかり書いてきた僕とは、ちょっと場数が違いすぎる。

「あのさ、この店のシステムって知ってる？　映画を持ってくと、奥の部屋で上映してくれるってやつ」

「…………あ、はい、なんとなくは」

「ここはひとつ、相談なんですが……」

浮橋アリスが、内緒話のようなトーンで囁いてくる。

「もしよかったら、その映画一緒に観ない？」

「……え？」

「先輩のあたしが奢ってあげるからさ。どう？」

「…………え、でも」

「大丈夫大丈夫。映画館行くより安いし」

——えええええっ！

なんだかおかしな展開になってきた。

いや、確かに、同じ映画なら一緒に観た方が効率的なのはわかる。だけど普通、初対面の相手をこんなスナック感覚で誘うものだろうか？

もしかして、向こうも僕の存在を認知していたり……？

「あ、ごめんね一方的な感じで。家で観る派だったりする？」

「い、いえ！　そんなことないです！」

「そっか。じゃあおじさんに言ってくるね」

夏の陽射しの下で、ふっと咲き零れるような笑顔だった。

その威力に中てられているうちに、いつの間にか映画が始まっていた。

画面に集中できたのは、主人公がバスルームで目覚めるシーンまで。あとはずっと、パイプ椅子を一つ挟んだ隣に座る浮橋アリスに意識が吸い寄せられていた。

長い脚を組み、真剣な顔で画面を見つめる彼女の横顔には、さっきまでの明るい笑顔とはまた別の何かが含有されている気がした。

きっとこの人には、僕の知らない一面がたくさんあるんだろう。

それらを知る手段が思いつかないことが、こんなに焦燥を掻き立ててくるとは思わなかった。

本当に、どうして僕はこんな臆病な性格に生まれついてしまったんだろう。

――それにしても、相変わらず綺麗な人だな。

何かの奇跡で時空が歪んで、彼女が銀幕の世界に突然紛れ込んだとしても、余裕で様になってしまう気がした。むしろその魅力で他の役者たちを食ってしまって、そのままアクション超大作の主役に抜擢されてもおかしくない。

僕は、そんな未来が訪れる可能性は絶対にないという事実に憤った。

浮橋アリスと、浮橋アリスの素晴らしい可能性とは何一つ関係のない宇宙の果てから、いきなり小惑星が飛んできて何もかも終わらせるなんて理不尽すぎる。

ふざけるなよ。ちょっとは空気読め。

世界なんか終わっても別に構わない。

でも、この人から未来を奪うことだけは絶対に許せないぞ。

暗黒の中を突き進む巨大な無機物に呪詛をぶつけているうちに、映画はエンドロールを迎えてしまっていた。

僕はここで、残り時間の短さをはっきりと自覚する。

この映画が終わってしまえば、僕には浮橋アリスの隣にいられる理由がない。

エンドロールの二曲目が終わるまでに、何か別の口実を見つけなくちゃいけない。

上映室の電気が点き、店主が「もう店閉めるから帰って～」と言ってきたので、大人しく店を出るしかなくなった。

エレベーターの中までは映画の感想で繋ぐことができたけれど、九〇分間ほとんど集中できてなかったので限界がある。案の定、雑居ビルを出る頃には会話が途切れてしまった。

長崎の街は夜の入り口に差し掛かっている。橙と藍のグラデーションが水彩画のように空を染め上げ、東の端では星が控えめに瞬き始めている。

そんな幻想的な光景と同じくらい、浮橋アリスの笑顔は美しかった。

それはそうとして――どうして僕は今、泣きそうになっているのだろう。

「じゃ、あたしん家こっちだから」

「……あ、お疲れ様です」

「うん。今日はありがとうね～！」

そりゃそうだよな。

たまたま映画を一緒に観ることになって、それで親睦が深まって、また次も同じ店で待ち合わせを――なんて展開があるはずがない。世界はそんなに都合よくできていない。

僕たちの関係はエンドロールの二曲目と一緒にフェードアウトする程度の、お互いに自己紹介する必要もないくらい希薄なものでしかないのだ。

まあ、それでいいよ。

だって、現実ってのはそういうものなんだろ。

――これが最後の夏になるかもしれないんだぞ。

不意に、何日も前に聞き流したはずの台詞が脳内に反響する。

どうして、菅谷なんかの言葉でハッとさせられなきゃいけないんだ。

……でも、そうだよ。確かにその通り。

大人しく認めるよ。

叶わない夢を見続けることが怖いから、僕は現実に逃避していたんだ。

リアリティを重視してるとか言い訳すれば、自分の想像力のなさを誤魔化せるから。自分の頭の中から生まれてくるショボいアイデアに、いちいち落胆しなくても済むから。

知らないことや怖いことから、達観したフリをして逃げる口実ができるから。

「……あ、あの！」

うまく形容はできないけれどとにかく心地よい香りを漂わせて、浮橋アリスがこちらを振り返る。

心の準備が整う前に、僕の声帯は震えていた。

「実は僕、あなたのこと知ってました！　ほら、石橋電停前のゲーセンで、いっつも〈ZOMBIE　SHOOTER〉プレイしてますよね？　実は僕も常連で、いつもは格ゲーばっかやってるんですけど、なんというか、視界の端にあなたの姿はいつも捉えていて……」

考えるな。くだらない現実なんかで取り繕うな。

ただ、伝えることだけに集中しろ。

「ランキング、全部あなたが独占してますよね。あんな難しいゲームで、本当に神業だと思います。……だけどまだ、最終ステージまでは一度も到達できてない」

あれ？　なんかコレ大丈夫か？

なんだか、会話の流れが変になってる気が……。

「だからその、僕と勝負しませんか。先にあのゲームをクリアした方が勝ちです」

違う違う、なんで僕はこんな提案を……！

後悔したとしてももう遅い。

浮橋アリスは数秒間きょとんとしたあと、好敵手を見つけた戦闘民族のような笑みを口の端に浮かべていた。

「いいね、面白い。勝ったら何が貰えんの？」

「……ええと、映画を一本奢るとかはどうでしょう」

「よし、乗った」

これは、うまくいった……のか？

よくわからないけど、彼女が僕の方を向いてくれただけで良しとするか。

「あ、そういや自己紹介してなかったよね。あたしはアリス。有限会社の『有』に、サガン鳥栖の『栖』でアリス。きみは？」

「初瀬歩夢です。歩く夢と書いてアユム」

「いいじゃん。なんかめっちゃポジティブな名前!」

だからこそ、名前で呼ばれるのが好きじゃないんだけど。

「……そっちこそ、アリスって漢字だったんですね。今まで英語名だと思ってました」

「ん? 今まで? 話したことあったっけ?」

「あ、いや……」さっそくボロが出た。「ほ、ほら! ランキングのプレイヤー名が〈Alice〉だから」

「ふうん? まあいいや、これからよろしくね~」

胸の中は、勇気を振り絞ったことによる充足感と、それと同じ割合の不安で満たされていた。

大丈夫か僕? こんな勝負を始めちゃって……。

4

「はーつせくーん、まだ小説書かねーのー?」

夏課外が終わったあとの教室で、前の席の菅谷がまた絡んでくる。

僕の小説がきっかけで読書に目覚めたこいつは、図書館で借りた大量の本をお盆の間に読んでいたらしい。新作を楽しみにしてくれているのは嬉しいけれど、正直今は小説なんか書いてる場合じゃなかった。

「ちょっと、今はそれどころじゃないんだよ。忙しいんだ」

「へえ？　もしかしてデートですか」

「違う！　そんな華やかな展開じゃない！」

「じゃあなんだよ。お得意の資料集め？」

「……ゾンビと戦ってる」

「は？」

「だから、ゾンビに占拠された街から脱出しなきゃいけないんだよ！」

「え、ちょっ、病院――」

本気で心配してくる菅谷に別れを告げて、僕は電停前のゲームセンターへと急いだ。

凄まじい速度で突進してくるゾンビの頭部に、落ち着いて照準を合わせる。このとき、左目を閉じて、右目の焦点を銃の先端にある照星に合わせるのがコツだ。このゲームは発砲の際に銃身が大きく振動するクソ仕様があるので、トリガーを引く瞬間は肩と肘に少し力を入れて安定させ、ちゃんと呼吸も止めておいた方がいい。

一体目のゾンビを一撃で仕留めても、次がすぐにやってくる。

照準を定め、銃身を安定させ、呼吸を止めて発砲する。ゾンビが不規則な動きで迫ってきても要領は同じだ。何度も家でイメージトレーニングした通りの流れで、雑なグラフィックのゾンビたちを手際よく殲滅していく。

ここにきて、ハードボイルド小説の取材で銃器の取り扱いを勉強してきたことが活きている。とはいえ反射神経には自信がないし、一発撃つのにいちいち深く集中しなければならないので、第一ステージをクリアする頃にはもう疲労困憊していた。ゲーセンに来る途中でコンビニのおにぎりを二つ補給したけれど、その分のカロリーはとっくに消費してしまっている感覚だ。

「これがあと五ステージも続くのか……」

相変わらず、このゲーセンには冷房なんて効いていない。

顎先から滴る汗をタオルで拭い、二リットルのポカリで喉を潤す。それで休憩は終わりだ。だってほら、すぐにまたゾンビどもが襲ってくる！

――本当に、このゲームを開発した連中はどうかしている。

こちとら、丸々三週間をゲーム攻略のために費やしているのだ。夏季課外がいったん休みになったお盆すら例外じゃない。何度も心が折れそうになりながらゾンビたちの動きを研究し、癖の強い拳銃の扱いにも慣れ、ようやく第一ステージをクリアできるようになったのがつい三日前。

ユーザーをバカにしてるとしか思えない難易度だ。

あいつら絶対、テストプレイなんか一度もやってないだろ。

お小遣いは前借りに前借りを重ね、一一月までの分をすでに消費してしまっている。今夏、このゲーセンの経営に最も貢献しているのは間違いなく僕だ。

早くクリアしないと、そろそろ物理的にプレイを続けられなくなってしまう。

「……あっ」

集中が切れた一瞬の隙を突いて、奥の方にいたゾンビが火炎瓶を投げてきた。

ふざけるな、ゾンビは火に弱いはずだろと悪態を吐きそうになるが、プレイヤーの身体が激しく炎上する方が早かった。みるみるうちにライフが減っていき、何の解決策も与えられないままめでたくゲームオーバーを迎える。

「くそっ、やってられるか！」

ただでさえパターンを身体に覚え込ませないと対応できない難易度なのに、ランダムでゾンビたちが予測不能な行動を取ってくるのが鬼畜すぎる。第四ステージまでは毎回クリアしている浮橋アリスは、正真正銘の化け物だ。

「……いったい何をやってんだよ、僕は」

一度ゲームの外に出ると、冷静な思考がのしかかってくる。

この世界はもうすぐ終わる。一二月の国連軍の計画は首尾よく失敗して、来年の五月には小惑星がシベリア地方に衝突するのだ。いつか菅谷が言ったように、もう夏は二度と来ないかもしれない。

そんな残り少ない時間を、クソゲーにひたすら費やすなんて馬鹿げている。

このままゾンビの倒し方が上達したところで、ちょっとこのゲームが楽しくなってきたところで、はっきり言って何の意味もない。

だいたい、僕がここまで金と時間をかけているのは、ゾンビに支配された街から脱出するためでも、ガンマンとしての高みを目指すためでもないのだ。

本当はもっと、浮橋(うきはし)アリスと夏らしいことがしたい。

冷房も効かない場末のゲーセンに閉じこもるよりも有意義なことはたくさんある。海で泳いだり、夏祭りに行ったり、夜の校庭に忍び込んで花火をしたりとか。

それなのに僕は、映画屋の外で勝負の約束を取り付けて以降、一度も彼女と会うことができていなかった。もう八月も中旬なのに。

でも、それも当然の話。どちらが先にクリアできるのかを争っている以上、二人が同じ時間にゲーセンに来るのは非効率的だから。

僕より先に進んでいて、しかも友達が多い浮橋(うきはし)アリスは火曜日と木曜日にプレイ。それ以外の曜日は僕だ。それが暗黙の了解。

——本当に、こんなことを続けていていいのだろうか。

「……映画。クリアしたらまた映画を観(み)に行けるんだ」

どうにか自分を奮い立たせて、一〇〇円玉を投入口に入れる。

何度も何度もゾンビに殺されながら、ひたすらにやり込み続ける。

第二ステージの中盤が最大の難関だ。

高速で反復横跳びをしながら毒ナイフを投げてくるゾンビがいて、そいつに手こずっているうちに毎回他のやつに噛みつかれてしまう。

てか、反復横跳びって！

難易度を上げるためなら世界観とかはどうでもいいのかよ！

一瞬余計なことを考えてしまったせいで、反応が遅れてしまった。反復横跳びゾンビの毒ナイフがモロに直撃。二秒間動きが麻痺し、トリガーを引いても何も反応しなくなる。

このクソゲーではそれだけで命取りだ。

瞬く間にゾンビどもが画面を埋め尽くし、為す術もなくゲームオーバー。

「……駄目だ。集中しないと」

「そうだね～。今のは初歩的なミスだよ」

弾かれたように振り返る。

ペットボトルの三ツ矢サイダーを飲みながら、浮橋アリスが「やっほー」と手を上げていた。

僕は陸揚げされたばかりの魚のように口をパクパクさせた。

「いや、驚きすぎでしょ！」

「……あ、えっ、すみません！」

「あはは、謝んなくていいのに～」

「ええと、どうしてここに？」

「ライバルの近況が知りたかったのさ。ほら、あれから一回も話してないじゃん？」

「……ああ、そうですね」

「でもやるねえ歩夢くん。初心者の壁は越えたみたいだね～」

ショシンシャノカベデスカ、と片言で繰り返しながら、僕はたった今彼女に名前で呼ばれたことの意味について考えていた。

今のはどういうことだろう。

まだ一度しか話してないのに、知らないうちに親密度が上がってしまってるぞ。

これは噂に聞く、会えない時間が二人の距離を縮めた的なアレなのか？

「おーい、聞いてる？」

「あ、すみません。三〇秒くらい別の時空にいました」

「別の時空？　どゆこと？」

「……いや、今のは忘れてください」

小説を書いている人間の悪い癖だ。普通の会話で使ったら違和感しかない語彙が、勝手に口から出てきてしまう。

顔を赤らめる僕を悪戯っぽく見ながら、浮橋アリスは言った。

「だから、協力しようよ。二人プレイ」

「……え？」

「え～、知らなかったの？　だってほら、拳銃が二丁あるじゃん。プレイ人数の選択画面も毎回出るでしょ？」

「いや、その仕様があるのは知ってましたけど……」

僕は慌てて店内を見渡す。

今日はなぜか、いつもよりも少し客が多い。幸いにも知り合いの姿はないけれど、海鳴高の制服もチラホラと見かける。

そんな状況で僕と協力プレイなんかしてたら、変な噂が立ったりしないだろうか。

この人は、それを迷惑に思わないんだろうか。

「知ってた？　このゲーム、二人プレイ前提で作られてんの」

「そうなんですか？」

「そ。人間の身体能力じゃ無理じゃね、って場面とか多くない？　誰かと協力しなきゃ全クリなんてできないできない」

「ええと、じゃあどうして先輩は一人で来てるんですか？　友達とか誘えばいいのに」

「だって、あたしの動きについてこれる子なんて誰もいないもん。学校の友達は一通り誘ったことあるけどさ、みんなドン引きして帰っちゃったよ」

「……なるほど」

確かに、あの身のこなしは女子高生の遊びの範疇をはるかに超えている。

「でもさ。きみになら、あたしの背中を任せられるかもしれない」

「……そうですか？　僕なんて、まだ第一ステージをクリアするだけで精一杯なのに」

「たった三週間でそれなら充分！　その先はほら、人間じゃ無理な領域だから」

「人間を辞めてる自覚はあるんですね」

「当ったり前じゃん。あたしは天才ガンマンだからね～！」

ちゃんとサポートするから安心して、と不敵に笑いながら、浮橋アリスは筐体に一〇〇円玉を投入した。

グラフィックの粗い画面で、安っぽい物語が展開されていく。

汚いバスルームで目覚めた主人公のガスタが、相棒のノエルと合流してゾンビに占拠されたホテルから脱出するというストーリーが、自動翻訳のようなおかしな日本語で展開されていく。

しかも、どの台詞も小説書きなら目を覆いたくなるような説明口調だ。

てかこの冒頭、映画版バイオハザードのパクリだよな？

「この辺はアドバイスいらないよね！　サクッと終わらせちゃおう」

「……いやいや、ここもけっこう難しいですよ」

「だいじょーぶ、あたしがついてるから」

　やけに頼もしい台詞とともに、浮橋アリスが自動拳銃をぶっ放し始めた。

　こうして隣でプレイしていると、彼女のすごさがよくわかる。

　一発一発がとにかく正確で、判断のスピードが尋常じゃなく速いのだ。

　画面に登場した瞬間にはもうヘッドショットで退場させられるので、ゾンビたちもさぞかし楽屋裏で驚いていることだろう。

「歩夢くん、あのゾンビが持ってるナイフ撃って！」

「え、こうですか!?」

「ナイス！　実はこれで、第二ステージに出てくる敵を減らせるんだよね」

「マジですか、そんな裏ワザが……」

「あ、ほら、油断しない！」

「す、すみません！　窓際の敵お願いします！」

　ヤバい、楽しい。

　必死になって何かに没頭するのって、こんなに楽しかったのか。

　口許から笑みが零れる。具体的な目標もなく、ダラダラと余生を過ごすように小説を書いていた日々が嘘のようだ。僕は冷静に世の中を俯瞰してたわけじゃなく、ただ単に今まで真剣に生きてこなかっただけなのかもしれない。

　あれよあれよという間に、僕たちは第一ステージを素通りし、第二・第三ステージを鼻歌交じりでクリアして、ついにホテルの外まで出ることに成功した。

頭上を飛んでいるヘリコプターに助けを求める主人公たち。

どうせ墜ちるんだろうな、と思っていたら、案の定ヘリは空中で爆発した。

路上の瓦礫を跳び越えて、銃やロケットランチャーで武装したゾンビたちが襲撃してくる。

機関銃の掃射を物陰に隠れてやり過ごすだけじゃなく、飛んでくるロケット弾にも銃弾を当てて防がなければならない。難易度は今までの比じゃなかった。

「うわ、うわあああっ！　こっこんなの、捌ききれ……」

「あはは、慌てすぎ。遠くにいるゾンビから優先で狙えば楽勝じゃん」

「だってほら、数が多すぎますよ！　どこから手をつければいいんですか！」

「そっか、まあ初見だと難しいよね～」

まだまだ余裕たっぷりという風に笑いながら、浮橋アリスはほとんど一人でゾンビたちを殲滅していく。

足を引っ張るわけにはいかないので、僕は飛んでくるロケット弾を撃ち落とす作業だけに集中した。役に立てていることを願うしかない。

結局、第四ステージは僕が一発被弾しただけでクリアできた。

「さ、こっからが本番だよ～！　気合い入れないと」

流れる汗を手で拭いながら、浮橋アリスは不敵に笑う。

この先は、彼女ですらまだクリアできていない領域なのだ。

「な、なんかビルくらいデカいゾンビが出てきましたよ……」

「ねー。こいつって何度殺しても再生するから厄介なんだよ」

「……じゃあどうするんですか」

「先に周りの雑魚たちを全滅させる！」

簡単に言うが、その雑魚たちもこれまでとは比べ物にならないくらいパワーアップしている。重火器で武装してるのなんて当たり前。反復横跳びゾンビどころか、五メートルくらいジャンプしながら斬りかかってくるサムライゾンビ、謎のエネルギー弾を撃ってくるスーパーサイヤゾンビまで目白押しだ。やっぱり世界観おかしいだろ。

しかも、一番後ろにいるデカブツを放置していると、手近にいるゾンビを高速で投げ飛ばしてくるから手に負えない。球種もカーブ・スライダー・シュート・ナックルと豊富で、開発者が本当は野球ゲームを作りたかったんじゃないかとさえ疑いたくなる。

それでも、僕たちは意外と死ななかった。

浮橋アリスが人間離れした精度とスピードで厄介な敵を倒し、弾幕を抜けてきた不届き者がいれば僕が責任を持って仕留める。僕がサポートに回ることで、彼女は判断力のリソースを確保したまま盤面を攻略できるようになっていた。

時代遅れのゲームの中において、僕たちはまさに無敵だった。

ああ、この時間が終わらなければいいのに。

何か月か後に小惑星が落ちてくるまで、ずっと二人で架空世界のゾンビと戦っていられたらいいのに。

「……浮橋さん、一つ訊いてもいいですか？」

「うん。っていうか……」

エネルギー弾をチャージするゾンビの頭部を撃ち抜きながら、浮橋アリスは不敵に笑う。

「歩夢くん、会話する余裕も出てきたんだ。いいね～」

「ありがとうございます」

「で、質問って？」

画面の端にいた全身金色のゾンビを冷静に処理しつつ、僕は問いかける。茶化されると嫌だから、できるだけ真剣な声色で。

「どうして、友達と遊ぶ時間を削ってまでこんなクソゲーに熱中してるんですか？」

「うっわ、クソゲーって言っちゃった」

「でも実際クソゲーでしょ。……最高に楽しいのは事実ですけど」

本当に、どうしてこの人はゾンビと戦っているんだろう。

見返りなんて何もないのに。貴重な時間とお小遣いを浪費するだけなのに。

もうすぐ世界が終わってしまうというのに。

「小惑星がさあ、落ちてくるじゃん。来年の春くらいに」

「ああ、落ちてきますね」

「アメリカに住んでるパパは『早くこっちに避難しろ』とか言ってくれてるけど、まあ正直、地球の裏側にいても大して変わんないらしいじゃん」

「地球全体が氷河期に突入しますからね」

「ね、そうだよ」

「一応、国連軍のプロジェクトも進んでますけど」

「あー、ロケットを打ち上げて小惑星をどうにかするみたいなやつ？　何月だっけ？」

「……なんで情報がフワフワしてるんですか。全人類の命運が懸かってるのに」

「だってそれ、あたしの力じゃどうにもなんないもん。興味ないよ」

猛スピードで飛んでくるサムライゾンビを撃ち落としながら、彼女は笑った。

「あたしの友達にさ、小惑星が落ちてくるってわかった途端に、父親が家族を棄(す)てて南米に逃げちゃった子がいるんだけど」

「……え」

「ああ、大丈夫大丈夫。その子、父親のこと大嫌いだったっぽいし。小学生の頃から、将来は公務員と結婚して二五までに子供を産めってうるさかったんだって」

「それは……色んなハラスメントが同時多発してますね」

「あはは、でしょ？　……でもまあ、父親がいきなりいなくなるって、娘からしたらけっこうな大事件じゃない？　あたしですら、小三のときに親が離婚したときは大泣きしちゃったし。でもその子はさ、三日くらい落ち込んだら、なんかすぐにケロッとして全然違うことで悩み始めちゃったんだよね」

「え、たった三日でですか。図太い人ですね……」

「そ、図太いんだよその子。あたしも人のこと言えないけど」

とにかくさ、と彼女は声のトーンを一段階上げた。

「それを見てたら、あ〜人間って意外と死なないんだなって思ったよ。小惑星が落ちてきたとしても、何割かの人は『まあしょうがないか』って受け入れられるんじゃないかなあ。小惑星は落ちた。人類がけっこう減っちゃった。あと地球もめちゃくちゃ寒くなった。——じゃあどうしよう？　どこで暖を取ろう？　てか今日の晩ごはんは何にしよう？　って感じでさ」

「そういうものですかね」

「そういうもんだよ」

「……あれ？　それで、先輩はなんでこのゲームをやってるんでしたっけ？」

「ママと友達を守り抜くため」

「……は？」

「だってほら、小惑星が落ちてくるじゃん？　文明が崩壊しちゃうじゃん？　そしたら日本もさ、〈北斗の拳〉とか〈マッドマックス〉みたいな世紀末世界になっちゃうわけじゃん？」

「その前提がよくわかりませんけど……」

「力がモノを言う世の中になったら、銃の扱いくらい上手くなっとかないとね。ねえ、あたしってすごくない？　めっちゃ先が見えてると思わない？」

色々と、突っ込みどころが多すぎる動機だ。

肝心の銃はどこで入手するんだ？

だいたい、世紀末って本来そういう意味じゃないだろ。

浮橋アリスはやっぱり変な人だ。

最初から最後まで、想像力に溢れた世界を生きている。

少し前の僕なら、呆れて笑っていたのだろうか。よくわからない。僕はもうとっくに、現実に逃避することをやめていたから。

全部、この人のおかげだ。

浮橋アリスが——僕の初恋の人が、この世界を変えてくれたんだ。

「……いい目標ですね。先見の明があります」

「あ、本気で思ってないでしょ～」

「そんなことないですよ。……むしろ、ありがとうございます」

「へ？　なんで感謝？」

「……てかほら、なんかデカいゾンビが発光し始めましたよ！」

「うそ！　初めて見た！」

「何かさっき全身金色のゾンビを撃った気がするんですけど、もしかしてそれが原因ですかね？　あっムービー始まった！」

「それが第五ステージのクリア条件だったんだよ！　でかした歩夢くん！」

「……撃ってからのタイムラグ長すぎませんか」

いまいち達成感がないが、初めてまともに貢献できた気がする。

じわじわと喜びが込み上げてくる間に、巨大ゾンビを包む光が強くなってきた。

画面全体が光に覆われたあと、再び巨大ゾンビが姿を現す。そいつは何やら天使の光輪のようなものを頭上に浮かべながら、唐突にカタカナ語で喋り始めた。

いや、お前喋れたのかよ。

『傲慢ナ人間ドモメ。我ラ火星人ノ侵略ヲ邪魔スルトハ……』

え、このゾンビって火星人だったのか⁉

でも、そんな伏線どこにも……！

『モウ許サナイ……！　地球モロトモ消滅スルガイイ！』

何の脈拍もなく、遥か上空から超巨大隕石が落下してきた。

主人公の相棒が、瓦礫の山から昭和の漫画家が描いたようなデザインの光線銃を発見する。

それを投げ渡しながら、「早く隕石を破壊しないと地球が真っ二つになってしまう！　ひたすらレーザー銃を乱射して、隕石を粉々にするんだ！　赤く点滅するカーソルが脆い部分なので、そこをうまく狙うといいぞ！」などと相変わらずの説明口調で指図してきた。

「やっば。めちゃくちゃな展開だね～。なんか絶妙に現実とリンクしてるし」

「……僕、このゲームの開発者が愛おしくなってきました」

「あたしも。さっさと世界を救っちゃおうぜ」

僕たちは不敵に笑い合うと、迫りくる巨大質量に向かって光線銃を乱射した。

弱点だという赤いカーソルは〇．二秒くらいしか表示されないので、アスリート級の反射神経が要求される。相変わらずふざけた難易度だ。それでも、何だかゾーンに入っている僕は三回に一回くらいの確率でカーソルを撃ち抜くことに成功している。

浮橋アリスはもっと凄まじかった。

百発百中、どころの騒ぎじゃない。未来が見えてないと説明がつかないくらいのスピードで、カーソルが表示された瞬間にトリガーを引いている。

完全に化け物だ。

この人なら、本当に世紀末世界をその身一つで生き抜くことができるかもしれない。

「あれっ、なんか隕石からちっこい天使みたいなやつが出てきた！」

「たぶんこいつがラスボスです！　ぶっ倒しましょう！」

そこから先はまさに死闘だった。

天使が高速で飛び回りながら撃ってくるビームを物陰に隠れて躱し、それと寸分違わぬタイミングで弱点を撃ち抜いていく。

最終決戦にふさわしい、恐ろしくハイレベルな戦いだ。

観客が誰もいないなんて、あまりにも勿体なさすぎる。

僕の隣で戦っている彼女は、こんなにも強くて美しいのに！　その素晴らしさを世界中に伝えなきゃいけないのに！

天使との死闘が三〇分を超え、第三形態まで撃破したところで、ようやく世界に平和が訪れた。街中を徘徊するゾンビ（本当は火星人らしい）が消滅し、主人公たちは空に祝砲を放つ。

それで物語は終わり。

あれほどの死闘を繰り広げたにしては、ずいぶん呆気ないエンディングだった。

それでも、僕の胸は感じたことのないような達成感で満たされていた。

僕たちはやってのけたのだ。この難易度最凶のクソゲーをクリアして、人類を滅亡から救うことができたのだ。

銃を筐体に戻しながら、浮橋アリスは額の汗を拭う。

三ツ矢サイダーを幸せそうな顔でごくごく飲み干す彼女の姿は、まるで広告のポスターのように様になっていた。

「ん」

気付いたら、彼女は僕を見つめながら右手を上げていた。

僕は掌の汗をズボンで拭ってから、おずおずとハイタッチに応じる。

冷房も効いていない店内に乾いた音が響く。その余韻が掻き消える頃には、何とも言えない寂しさが押し寄せてきた。

——そうか、これで終わってしまうんだ。

世界を救ってしまったら、もうこの人が僕と会う理由はなくなってしまう。

ゾンビを倒す以外に、この関係を繋ぎ留める口実なんて見つからなかった。

「いやー、でもなんやかんやで楽しかったね」

「……そうですね」

「歩夢くんもさー、戦いの中でずいぶん成長したよね。ガンマンの才能あるんじゃない？」

「役に立つ場面なんてあるんですかね」

「文明が崩壊したらきっと役に立つよ」

まあ小惑星なんて落ちてこないのが一番いいけど、と笑いながら、浮橋アリスは足元の鞄を拾い上げた。

店内に入ってくる男子中学生たちとすれ違いながら、体感温度が少しも変わらない外の世界に出る。太陽はまだ、空の高いところに鎮座していた。

「そういえばさ、歩夢くん。耳寄りの情報を入手したんだけど」

「なんですか？」

「佐世保のゲーセンにさ、〈ZOMBIE SHOOTER〉の続編があるらしいよ」

「えっ⁉　続編なんか作れるほど人気だったんですか⁉」

「アメリカのマニアの間じゃ有名なゲームなんだって。本当か知らないけど」

「へえ……世界には物好きがたくさんいるんですね」

「きみとあたしみたいにね」

燃えるような陽射しに照らされた彼女の笑顔は、とても美しい。

生命力の鼓動を感じるほど力強くて、その輝きは小惑星が落ちてきたくらいじゃとても掻き消せないような気がした。

「……行きましょう、佐世保。またゾンビから世界を救わないと」

「うん、いいよ。……あれ？　ってか、あいつらって火星人じゃなかったっけ？」

「どうせこの開発者、続編作るときにはそんな設定覚えてませんよ」

「あはは、かもね。来週の土曜日とか空いてる？」

「もちろん空いてます。絶対行きましょう」

家に帰ったら小説を書こう。そう思った。

今度の作品には、中途半端なリアリティなんか全くいらない。

あなたと出会えた感動を、この終わりかけの世界の素晴らしさを、想像力に満ち溢れたストーリーとともに描くんだ。それでいい。たとえ読者の反応が悪くても、その方が僕にとって大切な作品になるはずだ。

小惑星が落ちて文明を崩壊させても、その物語はきっと続く。

荒廃した世界で、勇敢なヒロインが戦いを繰り広げる第二幕が始まるのだ。

3 潜在的に危険な星空

YU NOMIYA
& BINETSU
PRESENTS

——菅谷愛花

This summer will
end anyway

「潜在的に危険な星空」

――菅谷愛花

1

長崎の路上に、爆竹の音がけたたましく鳴り響く。

毎年八月一五日に行われる精霊流しは、長崎県民の心を揺さぶる一大行事だ。

初盆を迎えた故人を弔うため、花や提灯、故人が生前好きだったキャラクターなどで飾り立てられた車輪付きの精霊船を、遺族が終着点の長崎港まで運んでいく。

故人が向こうで寂しくならないように、とにかくド派手に送り出すのが習わしだ。

大通りはもちろん通行止め。耳栓がないと長時間見ていられないほど大量の爆竹が炸裂し、ネズミ花火やドラゴン花火が咆哮を上げる。路上が燃えかすで溢れかえるため、翌日は大学生のバイトが総動員で清掃にあたるという。

小三の頃に転校してきたときは正直「暴動でも起きてんのか」と思ったけれど、今ではわたしもすっかり順応して、夏の風物詩の中に組み込んでしまっていた。

途方もない悲しみをみんなで乗り越えてきた街だからか、大人たちの気合いの入れっぷりは半端じゃない。わたしの父親も例外じゃなく、失踪する前まではご近所さんの精霊船づくりを休日返上で手伝っていた。

「……えっ、もしかして愛花泣いてる?」

「うそ! 大丈夫?」

一緒に見物していた沙希と有栖が、心配そうに顔を覗き込んでくる。

言われて初めて気付いた。

地元Jリーグクラブのマスコットが飾られた精霊船が目の前を通り過ぎた辺りで、ついに涙を堪えきれなくなってしまったのだろう。

わたしは素早く涙を拭い、「煙が目に沁みちゃってさ」とベタな言い訳をした。

＊

精霊流しの翌日から、うちの高校では夏課外の後期が始まる。

まだ夏休みの最中だというのに、午前中だけ学校に来て授業を受けるというクソ制度だ。実質、わたしたちに与えられた休暇はお盆の五日間だけ。しかもこのクソ制度、噂によると九州にしか存在しないらしい。

一応任意参加らしいけど、うちのクラスはほとんどが出席している。いつもサボってるのは、映画作りで忙しそうにしている凜映くらい。

みんな真面目だなあ、と呆れながら、わたしは棒付きのキャンディの包装を剝がす。

今更勉強なんかしても、どうせ世界は終わっちゃうのにね。

「ねえ聞いて？　最悪な事態が起きたんだけど」

教室に入って自席に座るなり、後ろの席の沙希が悲痛な声で話しかけてきた。昨日の精霊流しで泣き顔を見られたことが脳裏を過ったが、どうやらこの子はそんなことなんかとっくに忘れてしまっているようだ。

沙希の言うことはだいたい大袈裟なので、ひとまず話半分に聞いておいた方がいい。

プリン味のキャンディを咥えつつ、義務感で問いかけてあげる。

「最悪な事態？」

「愛花さ、この前私が布教したミュージシャン覚えてる？〈コズモ〉って人」

「あー、なんとなく。ネットがあった頃の有名人だっけ」

「その人がさあ、昨日浜町のアーケードで路上ライブしてたんだって！　もう最悪だよ！　事前に知ってたら絶対行ってたのに……！」

「ふーん」

「ふーんってあんた」

この世界に娯楽がなさすぎることを、改めて実感する。

もう受験勉強する必要もないのにわざわざ夏課外に来るくらい暇を持て余している女子高生の手にかかれば、得体の知れない路上ミュージシャンの目撃情報すら大スクープに変換されてしまうのだ。

てか、全然最悪な事態じゃないじゃん。

「全然興味なさそうだなあ」

「だってさ、現役高校生の恋愛ソングなんか聴いてらんないよ。知らないやつが愛だの恋だの歌ってるのを見るくらいなら、バッタの交尾でも観察してた方がよっぽど有意義」

「でも、〈コズモ〉の正体ってうちの生徒だったらしいよ！　一学年下の、三橋なんとかくん。ねえヤバくない？　私運命感じてるんだけど！」

「そりゃ、日本のどこかの高校生ではあるでしょうよ。ただの確率の問題。そんなのにいちいち運命感じてたら身が持たないよ」

「……愛花さ、またやさぐれモード入ってない？　何かあった？」

「別にやさぐれてないし。だってわたしも先週で一八歳だよ。大人になったの。成人迎えちゃってるの。今更、くだらないことで一喜一憂するわけないじゃん」

「いや、現に機嫌悪そうなんだけど……」

「わたしって元々こうだから。今日からクール路線でやってくから」

「やっほー！　おはよー二人とも！」

遅刻ギリギリで登校してきた有栖が、元気全開で割り込んでくる。

今日も相変わらず美人だ。美人だし性格もいい。これで彼氏がいないっていうんだから、世の中の男は揃いも揃って感性が終わってるんだろう。

——たぶん、北川くんも同じ。

「ねー聞いてよ有栖。朝から愛花がやさぐれててさ～」

「えー、また～？　今度は何があったの？」

「だから、別に何もないって！」

ご都合主義のようなタイミングでチャイムが鳴り、数学教師が教室に入ってくる。どうにか友達の追及を躱すことができて、わたしはそっと胸を撫で下ろした。

性懲りもなく公式を暗記させようとしてくる数学教師に、内心で舌打ちをする。

今年の一二月には国連軍の作戦が始まって、それが失敗すれば人類の滅亡が確定しちゃうってのに、どうして意味のない受験勉強をさせられなきゃいけないんだろう。

今はみんな惰性で登校してるけど、いよいよ世界が終わるってなったら、どうせ勉強どころじゃなくなるよ。間違いなくパニックが起きるね。わたしは怖いから家で寝てるけど。

微分積分とか導関数とか、冗談みたいに複雑なグラフとか、そんな呪文みたいな概念なんかどうでもいい。

教科書を机に立てて手元を隠し、最近買った写真集をバッグから取り出す。

タイトルは〈Site Of Mass Extinction〉。

日本語に訳すと〈大量絶滅の跡地〉。

日本人のフォトグラファーが世界中を旅して、巨大隕石(いんせき)や小惑星の衝突によってできたクレーターの跡地を写真に収めた作品だ。小惑星〈メリダ〉の衝突が公表されたあとに発売されたからか、刊行したメキシコの出版社は大バッシングに晒(さら)されたという。何かあったらすぐに「不謹慎だ」と騒ぎ立てる文化は、どの国も大して変わらないらしい。

マイナーすぎて日本では発売されていないはずだけど、なぜか近所の古本屋に五〇〇円で置いてあった。普段写真集なんて買わないくせに、先週のわたしはタイトルに惹(ひ)かれて手に取ってみたのだ。

授業を聞き流しながら、パラパラとページをめくっていく。

スペイン語だったらお手上げだったけど、この本は全編英語で書かれている。英和辞典とにらめっこしながら何度も読み返したから、説明文はわりと頭に入っていた。

南アフリカの〈フレデフォート・ドーム〉は、現存する世界最大のクレーターだ。二〇億年前に、直径一〇～一二㎞の巨大隕石(いんせき)が衝突してできた。

隕石(いんせき)の体積はあのエベレストの二倍以上。直径一・二㎞の小惑星ごときで大騒ぎしている人類なんて、その頃の海を泳いでいたバクテリアたちに鼻で笑われてしまうだろう——そんな人を小馬鹿にしたような文章とともに、雄大な草原や、そこで暮らす動物たちの写真が掲載されている。今では立派な観光地になっているみたいだ。

世界第二位のクレーターは、カナダの〈サドベリー隕石孔(いんせきこう)〉。

細菌がようやく真核生物に進化した一八億年前ごろに衝突した巨大隕石(いんせき)は、のちの人類に大きな恩恵をもたらした。

地表にはあまり存在しないニッケルなどの希少金属が大量に発見され、そこは世界でも有数の鉱山になったという。写真には、鉱山施設や労働者たち、深く削られた山々が写っている。

わたしの関心を最も強く惹(ひ)きつけたのは、世界第三位のクレーターだ。

チクシュルーブ・クレーター。

メキシコのユカタン半島に衝突し、六六〇四万年前の地球に君臨していた恐竜たちを絶滅に追いやったとされる巨大小惑星の痕跡。

――まさに、大量絶滅の跡地だ。

直径一〇～一五kmの天体が衝突した結果、付近ではマグニチュード一一以上の地震が発生。高さ三〇〇mという、冗談みたいな規模の津波も発生したらしい。

一番深刻だったのは、大気中に巻き上げられた大量の粉塵(ふんじん)だ。

太陽光が遮られたせいで地球は一〇年間かけて急速に冷え込み、プランクトンや植物が死滅。もちろん、食物連鎖の頂点にいた恐竜なんかひとたまりもない。もしもその時代に人類が生きていたら、残念無念、やっぱり絶滅は避けられなかったに違いない。

やけに挑発的でおどろおどろしい文章とは裏腹に、写真自体は平和そのもの。

水平線の向こうにどこまでも続く海。魔法使いのピラミッドと呼ばれるマヤ文明の遺跡。小さな漁港に浮かぶボロボロの船。カラフルな品々がひしめき合う市場。タコスにトルティーヤ、陽気で情熱的なメキシコの人々——。

この著者は、どんな想いで写真を撮ったんだろう。

どんな種類の希望をファインダーの向こうに見て、シャッターを切ったんだろう。

顔も年齢もわからないフォトグラファーのことを、ただぼんやりと想像する。

この皮肉に満ちた写真集の意図を考えることだけが、わたしの荒んだ心を癒してくれていた。


「結局さー、愛花は何が原因でやさぐれてんの？」

灼熱の坂道の途中で、隣を歩く沙希がいきなりぶっ込んでくる。

ハンディファンは生ぬるい空気をかき混ぜるだけで全然涼しくないし、こんな丘の上までは海風なんて届かないし、今日は木曜日なので、ウチらの中で一番能天気な有栖は坂の下のゲーセンに遠征している。

そういうわけで、言い訳を考えるのもそろそろ面倒臭くなってきた。

「沙希ってさー、口堅い子だっけ？」

「堅い堅い。長崎銀行の金庫くらい堅い」

「それ、ダイヤルの番号知ってたら開けられちゃうやつじゃん」

「誰にも番号教えないから大丈夫」

「いまいち信用できないなー」

「てかなに、そんなに大ごとなん？」

「いや、そういうわけじゃないけど……」

「……お父さんの件？」

「違う違う。あんなチキン野郎、別にどうなったっていいし」

一年後にやってくる小惑星に今からビビり散らかして、家族を棄てて逃げた臆病者のことなんて本当にどうでもいい。

……それはそれで薄情なのかもしれないけど、とにかくわたしの悩み事は別にある。

何となくお口が寂しくなってきたので、わたしはチェリー味の棒付きキャンディを咥える。

「……二組のさあ、北川くんって知ってる？」

「ああ、あの可愛い彼女がいる人？」

「はー……。やっぱみんな知ってたんだ……」

「え、まさか」

昔から察しがいい沙希は、わたしの情報弱者っぷりに呆れた視線を向けてくる。

取調室でかつ丼を差し出された容疑者のような気持ちで、わたしは白状した。

「ほら、六月くらいにさ、球技大会あったじゃん。うちのクラスの男子たちが二組とサッカーやってたんだけど、対戦相手の北川くんがさ、なんかもう反則じゃんってくらい上手くて。二組の子が近くで話してるの聞いてたら、北川くんって中学卒業までV・ファーレン長崎の下部組織でプロ目指してたんだってね。怪我とか小惑星とかで夢は諦めちゃったみたいだけど、あの日は本当に楽しそうにサッカーやっててさ。

しかも、自分が活躍するだけじゃなくて、初心者の子たちも楽しめるようにパス出したり、なんか後ろの方でサポートしてたり。そういう優しいところとか見たら、なんか」

「一目惚れしちゃったんだ」

「……だって、彼女いるとか知らなかったし」

「えー、でも学校中で有名だよ。お似合いのカップルだって」

「てか、北川くんの存在自体も球技大会まで知らなかった」

「そりゃ重症だ……。やっぱり愛花って、世の中全般に興味がないよね」

正面から指摘されると何だか癪だけど、だいたい沙希の言う通りだと思う。

わたしはいつもそうだ。とにかく視野が狭くて、アンテナの感度も終わりまくってる。何かの存在を認識して、興味を持ったときにはもう周回遅れになっているのだ。

小学生の頃もそうだった。

友達がみんなポケモンの新作に夢中になっていた時期のこと。新作が発売されたことなんて一ミリも知らなかったわたしは、「急にみんな人付き合い悪くなったなあ」なんて愚痴りながら花壇のカマキリを観察して暇を潰していた。ようやく新作の存在に気付いて親に買ってもらったときにはもう周回遅れ。みんなとっくにクリアしてしまい、また別の知らないゲームに熱中していたのだ。泣きながら友達を追及すると、彼女は困惑気味に言った。「愛花ちゃんって、そういうの興味ない子だと思ってたよ」

中学になってからはわたしのそういう性格も個性だと認識されて、むしろみんなから面白がられるようになっていったけれど、今回の一件はさすがに堪えた。久しぶりに自己肯定度が下がった気がする。

だって、違うんだよ。

わたしは別に醒めてるわけじゃない。

ただ、半径三メートルくらいの世界を見るだけで精一杯で、それ以外のいろんな情報にまで気を配る余裕がないだけなんだ。

自分で言うのもアレだけど、わたしって不器用なんだよ。

今回の一件もそう。今まで恋愛に興味がなかったわけじゃなくて、ただ単純に、たまたまそういう選択肢が視界に入ってこなかっただけ。検討する機会がなかっただけ。感情に折り合いをつける経験がなかっただけ。

だから——高三にもなって嘘みたいだけど、これが初めての失恋だったりする。

「でも、なるほどねー。精霊流しのとき泣いてた原因がわかったよ」

「いや、アレは本当に煙が沁みただけ」

「はいはい。そーいうことにしといたげる」

コンビニ寄る？　と沙希が訊いてきたので、黙って首肯する。

横断歩道を渡って、崖沿いに無理矢理建てられたコンビニへと向かいながら、わたしは溜め息を吐いた。

ああ、新しい出会いとかないかなあ。

今度はもっとこう、手遅れじゃなくて、鈍感なわたしでも気付けるくらい印象的で、この夏の暑さが吹き飛ぶくらい刺激に満ち溢れていて——。

「……はあ。あるわけないか」

「うお、いきなり独り言？　脱水症状じゃないかね」

「うるさい。そんなわけないじゃん」

あと少しで、この世界は終わってしまう。

一二月に打ち上げられるロケットが凶報を運んで来たら、こんな平和で退屈な日々なんて一瞬で嘘になってしまうのだ。

それまでに、わたしの人生に劇的な出来事が起きる確率はどれくらいあるんだろう。

そんなふうに思春期じみた感傷に浸っているうちに、出会いは突然訪れた。

とはいっても相手は女の子。恋愛には発展しなさそうだ。

……かといって、友情を育めそうな相手なのかどうかも怪しい。

なぜか夏休み期間中にやってきた転校生は、無表情のまま教室を見渡した。

「初めまして、倉田美星です。自己紹介は以上です」

よろしく、の一言もなく教室を横切って、倉田美星はわたしの隣の席に座った。

2

倉田美星は、びっくりするくらい無愛想な少女だ。

自己紹介で教室の空気を凍らせたのはまだ序章。席が隣になったので一応挨拶しても、軽く頭を下げるだけでわたしを見ようともしない。授業中は教科書も開かず窓の外をぼんやり眺めているし、遠巻きに様子を窺う男子たちの視線にも全くの無関心。顔はけっこう整ってるけど、あれじゃ卒業までクラスに馴染めないんじゃない？

あ、卒業する頃にはもう学校なんて機能してないか。

「うーん、たぶん相当な訳アリだよねえ……」

屋台で買ったちりんちりんアイスを頬張りながら、沙希が呟いた。

その日の放課後、わたしたちは久しぶりに三人で浜町まで遊びに来ていた。冷房から冷房をリレーするようにアーケード街の店々を巡り、陽が落ちてきてからは、少し歩いて眼鏡橋の辺りまでやってきた。橋の脇から伸びる階段で川の近くまで下って、日陰で涼みながら飽きるまで駄弁る。最高の時間だ。

水面で輝く光の群れを眺めつつ、ひとまず反応してあげた。

「倉田さんでしょ。こんな時期に転校してくる時点で、前の学校で何かあったのは確定だね。それか、家庭の事情とか」

「でもさ、元気ないよねあの子。心配だな～」と有栖。

「しょうがないよ。こういうご時世だしさ」わたしは冷静に答えた。

そう、しょうがないことなのだ。

いくら倉田美星の態度が最悪でも、目くじらを立てるほどのことじゃない。

小惑星が落ちてくるとわかってから、心身のバランスを崩す子は本当に増えた。当たり前の話だ。多感な少年少女が、いきなり「近いうちに人類は滅亡します」と偉い人に言われたのだから。国連事務総長がポルトガル人だったなんて知らなかったけど、全世界同時生中継された会見が、嘘やドッキリじゃないことくらい誰でも理解してる。

今でこそ日本も世界も平和そのものだけど、ネットが規制される前はけっこう酷かった。色んなデマが世界中を飛び交い、略奪や暴動が起き、学校もしばらく休校になった。

情報が統制されてパニックはだんだん落ち着いたけれど、その頃のカオスにまだ苛まれ続けている子はそれなりにいる。

だからきっと、倉田美星の態度は理解される。

誰も彼女の無愛想っぷりを責めたりしないいし、いじめなんて以ての外だ。誰だって、世界が終わる瞬間まで悪人ではいたくはない。

まあ、国連軍のプロジェクトが失敗したあとはどうなるかわかんないけど。

でも、少なくとも今は、みんな適切な距離を保ちつつ彼女を見守っていくのだろう。

——でも、あの子自身は本当にそれでいいの？

このままずっと腫れ物扱いされて、誰とも仲良くなろうとせず、教室で一度も笑顔を見せないまま最後の日を迎えても？

「……なーんか、ちょっと話しかけてみようかなあ」

「えっ⁉ 他人に興味ない愛花がどうしちゃったの⁉」

「そんなに驚くならやめる」

「うそうそ、私も協力するよ。ね、有栖？」

「おっけい～。ひとまず四人でゲーセン行こっか」

ゲーセン、という悪魔の単語を聞いた途端、沙希の顔色が悪くなる。

「べ、別のところがいいんじゃないかな～」

「有栖、あんたはちょっとゲーマーとしてガチすぎるの。わたしらですら軽くトラウマになってんのに、初めての子が連れてかれたら立ち直れないよ」

「え～、みんなも一緒にゾンビ倒そうよ！」

「やだね、一人で戦ってなよ。〈アイ・アム・レジェンド〉みたいにさ」

「え、あの映画ってゾンビ出てくるの⁉」

「あ……なんかごめん」

有栖とウィル・スミスにまとめて謝罪してから、わたしは橋の下を流れる水に小石を投げた。

歪な形の無機物が、放物線を描いて水面へと飛んでいく。

＊

歪な形の無機物が、凄まじい速度で地球へと飛んでくる。

シーンはＮＡＳＡの作戦会議室に切り替わり、神妙な顔をした役者たちがなにやら小難しい用語を頻発させながら議論していた。巨大小惑星を破壊するために必要なエネルギーの総量はナントカカントカ。それを実現させるために必要な技術はナントカカントカ。

教室の天井から生えたプロジェクターは、今日もプロパガンダ用の映画をせっせとスクリーンに映している。

ふわ、と思わず欠伸が漏れる。

去年くらいから、月一のペースで『小惑星や隕石が地球に飛来するが、なんやかんやあって最終的に人類が救われるＳＦ映画』が授業で上映されるようになった。

たぶん政府の方針。いくら国連軍とＮＡＳＡのプロジェクトが人類の命運を握っているとはいえ、夏季課外のときにまでやらなくてもいいだろうに。

最初のうちは授業をサボれてラッキーくらいに思っていたが、有名な映画は三回目くらいで出尽くしてしまい、あとは悲しくなるくらい予算が足りないB級映画しか残っていない。基本的にどの映画も面白くないので、みんなこの二時間を睡眠に充てている。

だいたい、こんなクソ映画を観せられて素直に安心できるほど、高校三年生という生き物は純粋じゃない。むしろ逆に、劇中の科学者たちの頭の悪さを見て不安を駆り立てられてしまうくらいだ。

まあ、現実の国連軍やＮＡＳＡの皆さんはもっと優秀なんだろうけど。

「ねえ沙希。これ終わったら映画屋行かない？　凜映んとこの」

「お、いーねー。有栖も誘うでしょ？」

「もち」

あと三〇分くらい共感性羞恥に耐えたら、口直しにとびきり面白い映画を観に行こう。

何がいいかな。人類が救われる映画は正直もう見飽きたから、〈ドント・ルック・アップ〉とか〈博士の異常な愛情〉とかにしようかな。なんでも不謹慎にしたがる風潮のせいで、人類ががっつり滅亡する映画はあの店にしか置いてないし。そういや凜映、今日も学校来てないじゃん。いつもはどんなB級映画でも目を輝かせてメモ取ってるのに。

わたしは、ふと思い立って隣に目を向けた。

後ろから三列目の、窓際の席。無愛想な転校生、倉田美星が座っているところだ。

倉田は、死んだような顔でスクリーンを見つめていた。

役者の台詞が棒読みすぎて呆れてるとか、小惑星のCG映像がチープすぎて唖然としてるとか、そういう種類の反応じゃない。

なんというか、その横顔は切実さを纏っていた。

予定調和のディザスタームービーを眺めながら、彼女は真剣に傷ついている。

何が彼女をそうさせているんだろう。役者かスタッフの中に知り合いがいて、クソ映画に加担させられたことに怒ってるとか？　それとも、もうすぐ本当に小惑星が落ちてくることを思い出して絶望してる？

「ねえ……」

口に出しかけた言葉は、しっかり実を結んではくれなかった。

B級映画が急展開を迎え、小惑星が大気圏に突入する爆音が教室を包んだのだ。

てか、こんな状態から人類を救える方法なんてあるんですかね……。だってまだロケットが発射されてすらないじゃん。どうすんの監督？


結局、映画はハッピーエンドを迎えた。

小惑星が北アメリカ大陸に衝突する直前で、愚かな人類を見かねた古き神々たちが蘇り、直径一〇㎞の岩石を宇宙空間に押し戻したのだ。確かに「なんかやたら台詞中にギリシャ神話の逸話を引用してくるな……」とは思ってたけど、それが伏線のつもりだったとは。

ふざけんな、貴重な時間を返せ——とまではさすがに誰も言えず、わたしたちはそのまま解散となった。今は（一応）夏休み期間なので、ホームルームはない。

まあいいやと思いながら、帰り支度を整える。

机の中に仕舞っていた〈大量絶滅の跡地〉の写真集をバッグに入れようとしたとき、机の縁に引っかかって取り落としてしまった。

ぱさっ、という控えめな音を立てて、写真集は倉田美星の足元に落ちた。

彼女はそれをじっと見下ろしている。やっぱり感情が読めない。

「あ、ごめん倉田さん。それ取ってもらっても……」

一瞬、何が起きたのかわからなかった。

気付いたときには写真集が宙を舞っている。クレーターの空撮写真が載った表紙がくるくると回転し、フリスビーみたいに窓の方へと飛んでいる。

「あっ」

慌てて手を伸ばしたときにはもう遅かった。

写真集は運悪く開いていた窓の外へダイブし、風に煽られて勢いを失い、そのまま地面へと落下した。

晴れの日が続いていて地面は乾いているし、写真集は割れ物じゃないので無事は無事だ。

だけど、教室の空気はえらいことになっていた。

沈黙。重苦しく、痛々しいほどの沈黙。

三〇人分の視線が、無愛想な転校生に注がれていた。

敵意というよりは困惑。え、なんでこの子そういうことしちゃうの？　なに、喧嘩？　知らないところで菅谷が何かした？　先生呼んできた方がいい？　みんな、そうとでも言いたげな顔をしてる。

ようやく自分がしでかしたことの重大さに気付いたのか、倉田美星は青ざめた顔をしていた。寝起きで突然異世界に連れてこられたみたいに、目をきょろきょろと動かしている。いや、あんたが一番困惑してんじゃん。

倉田の目はわたしの方を向いて停止。足の小指を机にぶつけたみたいに顔が一瞬歪み、すぐにまたいつもの無表情で取り繕う。

そのまま、倉田は何も持たずに教室を飛び出してしまった。

「ああもうっ！」

「ちょっと、愛花？」

「ごめん沙希、ちょっと待ってて！」

倉田の机に放置されているバッグを拾い上げ、慌てて後を追う。

廊下を歩く生徒たちとすれ違いながら、運動不足の身体に鞭を打って走る。こっちだって全力なのに、倉田は制服のスカートをはためかせてどんどん先に進んでいた。くそ、倉田のやつ足速いじゃん。パンツ見えそうでヒヤヒヤするけど。

てかさ、わたしはなんで走ってんの？

写真集はついこの前買ったものだから特に思い入れはないし、さっきはちょっと驚いただけで、倉田に対して怒ってるわけでもない。

それでもわたしは階段を駆け下りている。正面玄関へと向かっている。

あんな子、放っておけばいいだけじゃん。どうせもうすぐ世界が終わるんだし、今更余計なストレス抱える必要なくない？　仲良い友達と遊び回って、ああ楽しかったね、充分幸せな人生だったよって、しみじみ語り合いながら最後の日を迎えればいいじゃん。

なのに、なんで。

なんでわたしは、「あの子と話さなきゃ」とか思ってんの？

とっくに海鳴高の敷地から出ていると思ったけれど、倉田はまだ駐輪場の辺りにいた。何もかも諦めたような顔で、呆然と立ち尽くしている。というか、坂だらけの長崎で自転車通学なんて珍しいな。

乱れた息を整えてから、ひとまずバッグを投げ渡してやる。

「……ほら。自転車の鍵、この中でしょ？」

足が速いくせにどんくさい倉田は、ゆっくり投げたはずのバッグを取り落としてしまう。

わたしには絶対に弱みを見せたくないのか、倉田はバッグをそそくさと抱え上げて踵を返そうとした。口許がわずかに動いた気はしたけど、「ありがとう」とか「ごめんなさい」の言葉は聞こえてこない。

「あのさ、わたし倉田さんに何かした？　したなら謝るけど」

「……別に」

「別に、じゃわかんないよ。なんで怒ってんのか教えて」

「怒ってない」

「いや、怒ってるって」

じゃなきゃ人の私物を窓から投げたりしないもん、と続けても、倉田は面倒臭そうに目を細めるだけだった。

なんなんだこの子。今までどうやって生きてきたわけ？

「わたしってけっこう鈍感でさ、知らないうちに誰かを怒らせてたなんてしょっちゅうなんだよね。今回もそういう感じなのかなって思ってるけど、どう？」

反応なし。

「ねえ倉田さん。わたしもさ、最後くらいは誰とも揉めず誰のことも傷つけずに、平和に楽しく過ごしていたいんだよ。どうせ死ぬなら善人のまま死にたい。わかるでしょ、そういうの。だから教えてよ。悩んでることあるなら力になるし」

まだ反応なし。

「……あのさ、そういう態度が人を傷つけてることわかってる？　まあわたしはどうでもいいけど、別に全然怒ってないけど、このままだとすっきりしないっていうか、もやもやしたままじゃ死ぬに死にきれないっていうか……」

「優しいね、菅谷さんは」

「は？」

「でも、もう私とは関わんない方がいいよ」

「ちょっと、どういう意味――」

「写真集の件は謝る。じゃあさよなら」

そう言い残して、倉田は駐輪場の奥へと歩いていった。

少しして、向こうからエンジンをかける音が聴こえた。いや原付で登校してんのかよ、見かけにならないな。

　てか、今みたいに拒絶されたらけっこう傷つくな……。

　言いたいことは山ほどあったけれど、鍔(つば)付きの赤いヘルメットを被(かぶ)って原付を発進させた彼女に届きそうな言葉までは見つからない。

　原付がわたしの前を通り過ぎる。

　ぎこちなく頭を下げた倉田(くらた)の、少しだけ水分を含んだ目元に視線が吸い寄せられた。

　——泣いてる？　なんで？

　頭のてっぺんから足の爪先まで謎だらけの少女は、排気ガスを控えめに撒(ま)き散(ち)らしながら、校門の向こうへと消えていった。

3

「じゃあ、倉田(くらた)とは本当に何もなかったんだな？」

「はい」

「先生、話聞いたときは何事かと思ったぞ」

「はい」

「いいか菅谷(すがや)。何かあったら相談に乗ってあげるからな。一人で溜(た)め込(こ)むなよ」

「はい」

「ええと、本当にわかってる？」

「はい」

写真集窓から放り投げ事件の翌日、課外授業が始まる前にわたしは職員室に呼び出された。

最後の夏が終わるせいで世界中がそわそわしてる時期に、わざわざ生徒の心配をしてくる担任の野田(のだ)は、実はいい教師なのかもしれない。

まあ、だからといって授業を真面目に聞いてあげる気はないんだけど。

事情聴取が無事終わり、三時限目までの課外授業を仮眠でやり過ごしたあと、さっそくわたしは計画を実行に移すことにした。

友達に適当な理由を告げて、誰よりも早く教室を出る。そのままわたしは駐輪場に向かった。隅の方に停(と)めておいた原付（失踪した父親が置いていったもの。今はわたしと弟で共同保有してる）に跨(また)がり、倉田(くらた)がやってくるのを待つ。

まだ元号が平成だった頃、長崎市は市町村合併に精を出しまくっていたらしい。その結果、地図を見たら思わず笑っちゃうほど総面積が広がっているのが現状だ。

なので遠方から通学している生徒もわりと多い。燃料不足の時代だし普通にバスを使った方が安く済みそうだけど、学校の許可があれば原付通学も一応認められているのだ。

ただ、徒歩圏内に住むわたしはもちろん対象外。

無免許運転ではないけれど、先生に見つかったら絶対に生徒指導室に連行される。それに倉田に待ち伏せを悟られるわけにもいかないので、こんな炎天下なのにフルフェイスのヘルメットを被ってなきゃいけない。端的に言って地獄だ。

だらだら汗をかきながら待っていると、倉田の姿が見えた。

息をひそめて動向を見守る。彼女はバッグから原付の鍵を取り出し、鍔付きの赤いヘルメットを被り、日焼け対策のアームカバーをつけてから駐輪場を出た。

やばい、アームカバーなんか持って来てないよ！

とはいえ、後悔しても意味がない。塩分補給用に用意していた塩バニラ味の棒付きキャンディを気休めに咥えて、彼女の後を追いかける。

当たり前だけど、倉田の背中に迷いはなかった。

海鳴高を出て、市街地へと続く坂道を下っていく。坂を下りきったあとは、路面電車の石橋電停を横目に見ながら直進し、グラバー園の案内看板が見えたあたりで左折して、国道499号線に合流する。

「うわ、めっちゃ車多いじゃん。こわっ！」

フルフェイスを被ってるのをいいことに、まあまあな声量で独り言を零す。

たまに家の近所を遊びで乗るくらいなので、正直原付の運転には自信がない。こんな大通りなんて初めてだ。

それでも、わたしは倉田を追いかけなきゃいけない。

昨日、あの子が去り際に泣いていた理由を突き止めるために。

そんなこと知って何になんの、という疑問はいったん考えないことにした。とにかくわたしは、倉田美星の秘密を暴かないと気持ちよく終末を迎えられないのだ。

「……てか、なーんで倉田が原付通学なわけ」

嫌がらせのように狭い坂道が多い長崎市は、原付の普及率が（わたしの予想では）日本一だ。だけどそれは市内中心部の話。郊外に出たらそれなりに平地は多いし、今倉田が進んでいる方面から通うなら車やバスの方が便利だろう。

そもそも、倉田はつい先日転校してきたばかりだ。

その前までどこで暮らしてたのかは知らないけど、いきなり原付通学なんて思いきりが良すぎない？　ガソリン代だって馬鹿にならないしさ。

――とりあえず、疑問はあとだ。

今は運転に集中して、倉田の背中を見失わないようにしないと。

いい加減暑さに耐えられなくなってきたので、フルフェイスのシールドを上げて海沿いの道を走る。

遠近感がおかしくなりそうなほど巨大な造船所のクレーン、誰が使ってんだよってくらい古びたバス停、本当に原付で通っていいのか不安になるトンネル、頭上に架かる雄大な女神大橋、どでかい生コン工場、夏の陽射しに照らされて白銀に輝く海——普段の生活からは少し遠かった景色が、すごいスピードで後ろに流れていく。

気持ちいいな、と思った。

特に何の計画も立てず倉田のことを追いかけてるけど、こんな光景を味わえるなら充分元は取れてると思う。もし途中で倉田を見失ったとしても、それはそれで楽しい原付の旅だ。

四〇分くらい走り、左側に小さな漁港が見えてきた辺りで、ようやく倉田の目的地が分かってきた。

というか、この道には見覚えがある。まだ父親と母親の仲が良かった頃、毎年海水浴に連れて行ってもらっていた伊王島だ。長崎市との間に大きな橋が架かっているため、陸路でも行くことができるリゾート地。

いいな倉田。あんなところに住んでるんだ。

世界が終わる前に、残り少ない人生を謳歌するためリゾート地に移住する人たちは多い。沖縄や鹿児島の離島は倍率がえげつないらしいけど、長崎県民しか知らないくらいマイナーな伊王島なら、まだ土地が余ってるのかもしれない。

変な時期に転校してきたのも、ずっと待たされていた抽選がようやく当たったから、みたいなノリだろう。どっちにしろ、倉田の家が金持ちなのはわかった。

まあいいや。

伊王島に来るのは小学生以来だし、今はちょうど海水浴シーズンだ。水着なんて持って来てないけど、目一杯楽しむことにしよう。

最後のトンネルを潜り抜けて少し進むと、海の上に架かる伊王島大橋が見えてきた。

「わあああああああっ！」

気付いたら叫んでいた。

雲一つない青空、穏やかに波立つ海、頭上を飛ぶ海鳥の群れ、心地よい潮風とその匂い。

緩やかにカーブを描く橋を全速力で駆け抜けていると、失恋なんかどうでもいいことみたいに思えてくる。

だいたい、わたしは本当に北川くんのことが好きだったんだろうか？

話したこともない、ただ遠巻きから眺めていただけの相手に抱いた感情は、小惑星が降ってくるB級映画を観ていたときの倉田の絶望ほど切実なものだったんだろうか？

橋を渡りきったあとも、尾行は続く。リゾートホテルやフェリーターミナルを通り過ぎ、倉田はどんどん島の奥へと進んでいった。

そういえば勝手に家までついていって大丈夫なのかな、そろそろ引き返した方がいいのかな、てかお腹空いてきたなあとか考えていると、ターゲットは右折してだだっ広い駐車場に入っていった。ここは観光客向けのエリアなので、民家なんてあるはずがないのに。

少し離れた歩道でいったん原付から降り、倉田の行動を見守る。

彼女は駐車場の隅にある駐輪スペースに原付を停め、海沿いに建てられた温泉施設へと入っていった。

「……バイト？　でもウチの高校禁止だしなあ」

案外、数十分に及ぶ原付の旅で疲れきった身体を癒しに寄っただけかもしれない。

いいなあ。わたしも温泉入りたいけど、絶対に鉢合わせちゃうよね。

こつん、と何かが肩口に当たる。すれ違った海水浴客の浮き輪が掠ったのだ。

フルフェイスのまま顎に手を添えて考え込む女子高生は、どう考えてもリゾート地の雰囲気に合っていない。それに通行人の邪魔みたいなので、わたしも大人しく駐輪スペースへと向かうことにした。

原付を停めたあと、こっそりと入り口近くの立て看板を覗いてみる。

わたしが子供の頃はただの温泉だったはずだけど、どうやら今は水着で利用できるスパテーマパークも併設されているようだ。もちろんカフェやレストランも入っていて、リラックスルームには一万冊の漫画が置かれているらしい。その気になれば余裕で一日中滞在可能だ。

「えええ……」

じゃあ、何時間も外で待ってなきゃ駄目ってことじゃん。

こんな灼熱地獄の中で？　駐輪場には日陰すらないのに？

やっば。そんなん普通に死んじゃうよ。

これは非常事態だ。

温泉施設の中は冷房がガンガンに効いてるし、べたついた汗を洗い流せるし、何より昼ごはんにありつくことができる極楽浄土だ。だけど倉田に尾行がバレてしまう危険があるので一歩も入れない。なんて生殺し！

そもそもわたし、あの子を尾行してどうするつもりだったんだっけ。

ああそうだ。わたしは倉田を色々と問い詰めなきゃいけない。B級映画を睨みつけてたときの感情とか、写真集を投げた動機とか、昨日帰り際に泣いてた理由とか。

…………え、待ってよ。

だったら、普通に話しかければいいだけじゃん！

なんでこんな回りくどいことしてんの⁉

ちょっとシミュレーションをしてみよう。自動ドアを開けて温泉施設に入り、受付で入場料を支払い、ロッカーの鍵を貰って脱衣所へ。冷房と温泉とコーヒー牛乳で疲れを癒したら、倉田を探して気さくに声をかける。「やあ奇遇だね。ちょうどわたしも、伊王島で温泉に浸かりたいと思っててさ」

……いや、不自然すぎるかも。

やっぱりもう引き返そう。そろそろ熱中症になりそうだし、ちょっとどこかの店で昼ごはんと水分と冷房を補給してから――。

「……なにしてんの、菅谷さん」

警戒心たっぷりの目で、倉田がこちらを見つめていた。

わずかに冷気の残滓を纏っている。バッグも持ってない。どうやら、いったんロッカーに荷物を置いてから駐輪場に出てきたみたいだ。

「や、やあ奇遇だね倉田さん。ちょうどわたしも――」

「私のこと、ずっと尾行してたでしょ」

「……な、なんの話かな～？」

「いや、橋の上で叫んでたし。誰でも気付くよ」

迂闊だった。馬鹿かわたしは。

初めて原付で遠出した解放感のせいで注意散漫になっていた。もしわたしに将来というものがあったとしても、探偵事務所には絶対就職できなさそうだ。

「菅谷さんも入りなよ」

「へ？」

「だから、温泉の中。熱中症で死んじゃうよ」

4

日焼けして真っ赤になった腕に、熱いシャワーを恐る恐るかける。

案の定、声を上げそうになるほどの激痛が襲い掛かってきた。こりゃ重症だ。明日には皮がべりべり剝がれ始めるだろう。フルフェイスを被ってて本当に良かった。

水着なんて持って来てないからどうしようかと思ったけど、普通に温泉だけを利用するプランもあるらしい。料金はたったの八〇〇円。安心と安全の長崎クオリティだ。

こんな昼間から温泉でリフレッシュしようとする海水浴客はあんまりいないんだろう。温泉はけっこう空いていた。

先に身体を洗った倉田は、さっさと露天風呂に浸かっている。わたしも痛みを堪えつつ慎重にボディソープの泡を洗い流し、後に続いた。

教室の机で言ったら三席分くらいの間を空けて、ちょうどいい温度の湯船に二人で浸かる。

会話は特になかった。

広大な海が見える露天風呂なんて本来なら最高なはずなのに、緊張のせいで全然リラックスできない。

仲良くない子とお風呂に入るなんて初めてだし、そもそも無愛想な倉田と何を話せばいいのかわからない。それに、日焼けした腕がめちゃくちゃ痛いので会話どころじゃない。

でも、やっぱり気まずいな。せめて他に客がいてくれれば、私語を遠慮しておく口実ができそうなんだけど。

そもそも、倉田の方も全然くつろいでる感じがしない。

せっかくの温泉なんだからもっと幸せそうな顔をしていていいはずなのに、無感情な目でただ柵の向こうの海を眺めてるだけ。なんだか、本当は心底嫌なのに義務感だけで浸かっているみたいだ。

風呂嫌いの幼稚園児かよ。

「……倉田さん。家ってこの辺なの？」

「違うよ」

「そうなんだ。どこらへんに住んでんの？」

「学校の近く」

それで会話が終わってしまった。

コミュニケーション下手すぎ。いや、今のはどっちもどっちか。

なんでわざわざ数十分もかけて伊王島に来たのとか、なんでお前はそんな無愛想なんだよとか、訊きたいことは色々あったけれど、正直もう限界だ。気まずいってより、腕の痛みが限界。

先に上がって、カフェでお昼ごはんでも食べていることにしよう。

いつまで経っても倉田がカフェにやってこないので、諦めてリラックスルームに向かう。コーヒー牛乳を飲みながら〈北斗の拳〉全巻読破を目指していると、もうとっくに帰ったと思っていた倉田が姿を現した。

リラックスルームはけっこう空いているけれど、やっぱり倉田は隣のソファには座らなかった。ケンシロウの活躍を見届けるわたしの斜め前で、彼女は面倒くさそうに本を読み始めた。二巻を取りに行く途中でこっそり覗き込んでみると、倉田が読んでいるのはここに置かれている漫画ではなかった。

何やら小難しい文章がびっしり詰まった分厚い本。学術書……ってやつ？てか、そんなの読んでたらお風呂でリフレッシュしたのが台無しじゃない？

だいたい、どうして倉田はここにいるんだろう。

お風呂もリラックスルームも、全然楽しんでる雰囲気がないし。

まるで目的は別にあって、ただそれまで時間を潰しているだけみたいだ。

じゃあその目的ってなに？

わたしにわかるわけないじゃん。

倉田はたまにトイレに向かうくらいで、いつまで経ってもリラックスルームから離れない。ウトウトしていたら、いつの間にか午後七時。窓の外はだんだん暗くなり始めている。

そろそろ店内が混み始めた頃、倉田がおもむろに立ち上がった。

「あ、待ってよ！」

慌てて棚に漫画を戻し、ずいずいと進む背中を追いかける。

店の外は昼間よりも涼しくなっていた。気温はけっこう高いはずだけど、吹き付ける潮風のおかげで蒸し暑さが和らいでいる。

「今から帰らなきゃいけないのか……。暗いし不安だなあ」

「そう。じゃあね」

「は？　倉田さんは帰らないの？」

「私は用事があるから」

用事って、こんな島で？

海水浴場があるから昼間は人でごった返してるけど、夜は過疎地域もいいところだ。わたしを撒くための嘘なんじゃないかと疑ってみたけれど、実際に倉田は島の奥の方へと原付を走らせていった。

ここで引き下がるのもなんか癪なので、原付のライトをつけて彼女を追いかける。

海水浴場の方に行くのかなと思ったら、倉田はなぜか山道へと突き進んでいった。周囲には民家どころか街灯もないし、ライトの外側は真っ暗闇だ。ざわめく木々の奥に何かが潜んでいる気がして、全身に鳥肌が立つ。

情けない怯えを引き連れて五分ほど走り、ようやく目的地に辿り着く。

暗すぎて何も見えないけど、ここはたぶん駐車場。

後輪のスタンドを上げて原付を停めているうちに、恐怖が倍増してきた。

「ちょっと、倉田!? ここ怖いんだけど!」

「だったら帰りなよ」

「一人で帰れるわけないじゃん!」

「勝手についてきた菅谷さんが悪い」

冷徹に断言すると、倉田は座席下のボックスから出した懐中電灯を持って、躊躇なく闇の中へと歩いていった。

こんなところで一人で待つなんて絶対に無理だ。猛獣か幽霊が出てきたら一巻の終わり。どうしようもなく怖いけど、もうここは倉田についていくしかない。

懐中電灯に集る羽虫の音。青臭い草の香り。首筋を撫でる生温い風。

開けた場所に出ると月明かりも届いてきたけど、心細いのは同じだ。

気付いたら、わたしは倉田の制服の裾を摑んでいた。

「……あんまりくっつかないでくれるかな」

「だ、だって、何が起きるかわかんないし」

「別に、肝試しにきたわけじゃないよ」

「わかってるよ。だけどその、わたし暗いとこ苦手で……」

「あのさ」

初めて、倉田が大きな声を出した。

懐中電灯の光が揺れる。彼女はゆっくりとこちらを振り返った。

「言ったよね。私に関わんない方がいいよって。みんなと仲良く、うまいこと生きてる菅谷さんにはわかんないかもしれないけど、誰かと一緒にいることを苦痛に感じちゃう人もいるんだよ。どうせ全部終わるんだから、どうせみんな最後には豹変しちゃうんだから、一人で平穏に過ごさせてよ。もう、誰かに期待することに疲れたの」

木々のざわめきが耳に障る。

光は、さっきからずっと二人分の足元だけを照らしている。

「……なんで、そういう風に思うの？」

「菅谷さんには関係ない」

「関係ある」

「関係ないってば」

光の外側にある倉田の表情は、暗闇と同化していて全然見えなかった。中途半端な月明かりくらいじゃほとんど意味がない。

だから、もういいや。

壁に喋ってるのと同じ。完全にノープレッシャー。

思ったこと全部、ここでぶちまけてしまおう。

「わたしは、倉田が何を考えてるのか知りたいの。もし傷つけてしまったなら謝りたい。謝ってから、ええと、その先は全然考えてないけど」

「なにそれ」

「……溜め息吐かないでよ。わたしだって、自分がなんでこんなことしてるかわかってないんだから」

「昨日も言ったけど、別に怒ってないよ。こっちが全面的に悪いし」

「だったらなんで泣いてたの」

「は？　泣いてないよ」

「……写真集の著者が『クラタ』なのと関係ある？」

Kurata Ryuji——クラタ・リュウジ。

わたしが夢中になり、倉田が窓から投げ捨てた写真集の著者の名前。

鈍感なわたしがそれに気付いたのは、昨日の夜のことだったけど。

最初はただの偶然だと思った。倉田なんてありふれた苗字だし、フォトグラファーの方の『クラタ』がどんな漢字なのかもわからない。そもそもペンネームって可能性もある。

だけど、教室の床に落ちた写真集を見つめる倉田の、全部の感情が吹き散らされたような瞳を思い出して、わたしの疑いはますます強くなった。

「写真集には著者自身の情報なんて載ってなかったから、これは推測でしかないけど……もしかして、クラタ・リュウジって倉田のお父さんだったりする？」

「……ねえ、菅谷さん。あの写真集が、なんで世界中から叩かれてるのか知ってる？」

わたしの問いには答えず、倉田はカウンター気味に質問を返してきた。

——写真集が叩かれた理由。

そういえばわたしも詳しくはわからない。写真集が発売されたのは世界中でネットが制限される前だったけど、そのときはまだその存在すら知らなかったから。

「クレーターの写真ばっか撮ってて不謹慎だから？」

「そうかな？　載ってる写真は大自然とかメキシコの街並みとかがほとんどだし、不謹慎な要素はそんなにないと思うよ」

「うーん。じゃあどうして？」

「……著者が極悪人だったから」

え、と思わず声が漏れる。

いったい何者なんだクラタ・リュウジ。世界中から憎まれるなんて、どれだけ凶悪な犯罪者なんだろう。

「……別に、犯罪者ってわけじゃないよ。終始、あの人には悪意なんてなかった」

「じゃあどうして極悪人なの」

夜の海を渡ってきた風が、わたしたちの間を吹き抜けていく。

暗がりの中で、倉田美星がショートカットをかき上げた、ような気がした。

「倉田竜二――わたしの父親は、小惑星〈メリダ〉を発見した張本人なんだ」

そういえば――。

いつか見たニュースで、小惑星を発見したのは日本の天文学者だと聞いた気がする。

世界が終わる衝撃でてんやわんやだったわたしには、学者先生の名前にまで気を配る余裕はなかったけれど。

「〈スペースガード〉って知ってる？　菅谷さん」

スペースガード。

耳馴染みのない、なんだか男子小学生が好きそうな響きの単語を、わたしは舌先で転がした。

「実在する職業。……いや、職業っていうか役割かな」

うちの父親がそうだった、と倉田美星は語る。

5

「宇宙を電波望遠鏡で監視して、地球に接近してくる隕石や小惑星がないか見張ってる人たち。

ＮＡＳＡとかＪＡＸＡとかＥＳＡみたいな宇宙機関が支援して、世界中にスペースガード研究所が設立されたらしいよ。ツングースカ大爆発とかチェリャビンスクの隕石落下とか、近代に入ってからも大規模な天体衝突はたまに起きてるから。

岡山県にも研究所があって、父親がそこで働いてた。地球に衝突する可能性がある小惑星を〈潜在的に危険な小惑星〉って呼ぶんだけど、それが太陽系内に一三〇〇個以上もあるって知ってた？　その一つ一つの衝突確率を計算して、軌道が地球と重なる可能性が高いやつをレポートにまとめて、でもやっぱり小惑星は軌道を外れて、オオカミ少年みたいだなって失笑されても一応宇宙機関に警告して、何度も何度も観測して計算して警告して……変な仕事だよね。自分が生きているうちに、小惑星が地球に衝突する確率なんてすごく低いのに」

「……でも、倉田のお父さんは〈メリダ〉を見つけてしまった」

「うん。やっと自分の仕事が人類の役に立てるって、気合いを入れて記者会見に臨んでたよ。でも、それがよくなかった」

朧げながら、記憶が蘇ってきた。

テレビ画面の向こうで、大量のフラッシュを浴びながら頭を下げる偉い学者たちの映像。

そうだ、思い出した。その年の流行語に、その学者が言った「ようやく成果を出せました」という言葉が紛れ込んでいたのを。

「人類滅亡の危機が迫ってるのに、仕事の成果が出たって喜ぶなんて何事だ――色んなメディアが、そんな風にお父さんを断罪した。やり場のない怒りは小惑星にぶつけたって意味ないから、みんなわかりやすい仮想敵を求めてたんだろうね」

「でも、倉田のお父さんが〈メリダ〉を見つけなかったら、国連軍のプロジェクトなんて始まらなくて、気付いたときにはもう手遅れになってたわけでしょ。それで責められるのはフェアじゃないよ」

「うん。学校の友達も、最初はそう言ってくれてた」

でも、その友達は倉田を裏切ったのだ。

——もう、誰かに期待することに疲れたの。

ついさっき鼓膜を震わせた言葉が、今になって身体の内側に浸入してくる。

「だけどNASAの調査が進んで、いよいよ本当に人類が滅亡するぞってなった頃、私の周りには誰もいなくなってた」

「そんな……」

「でも、当たり前だと思う。いくら頭では倉田竜二に罪はないってわかってても、いきなり『人類は三年後に滅亡します』って言われて動揺しない人なんていない。だって、世界中の誰もそんな状況体験したことないんだよ？

菅谷さんも覚えてると思うけど、少しすると世界中で暴動や略奪が起き始めた。お父さんの写真がプリントされた旗を燃やす人たちもいた。その人たちは外国語で叫んでたよ。『この野郎、俺たちの現実をブチ壊しやがって』って。

そんな極悪人の娘が何食わぬ顔で登校してきたら、腹いせで悪口の一つでも言いたくなるよね。むしろ、悪口と無視で済んだだけみんな優しいよ」

わたしならそんなことしない、とどうして言えないのだろう。

今の話を聞いて確かに同情したし、倉田の友達は薄情なやつらだと思ったけど、もし自分が同じクラスにいたとしたらどうだろう。暴動や略奪に加わるほど悪人にはなれなかった彼らのささやかな八つ当たりを、心の底から軽蔑することができただろうか。

——まあ、可哀想だけど仕方ないよね。

そんな風に突き放した感想を零しながら、友達と一緒に遠巻きに眺めていたんじゃないだろうか。

……うん。認めるしかない。

少し前のわたしなら、間違いなくそうしていた。

「お父さんは責任を取って研究所を辞めた。なのに世間は許してくれない。許されないことなんてした覚えないけど……でも、実際に、私たち家族の個人情報は特定された。顔も見えない人たちから誹謗中傷された。怖い思いもたくさんした。一人で外を出歩けなくなった。守ってくれるはずの父親は、なぜかカメラを持って家を飛び出しちゃった」

その一年後に出版されたのが、あの写真集——倉田はそう続けた。

「まるで、ネットが規制される直前に打ち上がった最後の花火みたいだったよ。色んな言語でお父さんの人格が否定された。『人類が危機に晒されてるのに金儲けか』『お前が責任を持って小惑星を爆破しろ』『タイトルが不謹慎すぎる。殺されたいのか』『家族に危害を加えてやる』『住所を晒せ』『破壊しろ』『地球と同じ目に遭わせてやる』」

「……わかった。もういいよ」

「まだあるよ。私の顔写真を使った悪趣味な――」

「だから、もういいって」

涙で視界がぼやけてきた。

いや、視界なんて最初からほとんど暗闇に塗り潰されてるんだけど、それでもわかるくらい目の前が不安定に揺れている。

だって、あの時期は本当に酷かったのだ。

誰も彼もが正気を失っていた。現実世界で暴動が起きてるのに、インターネットが無法地帯にならないわけがない。リテラシーなんて言葉はどこかへ吹き飛び、あらゆる人間があらゆる人間に対して呪詛を唱え続けた。殺害予告や個人情報晒しなんて日常茶飯事。それが実際の犯罪に発展することも全く珍しくなかった。わたしはネガティブな情報に耐えられなくなって、友達と一緒にスマホを川に投げ捨てたんだっけ。

ネットの規制が発表されたときは「人権侵害だ！」と誰もが異を唱えたけれど、今の平和な長崎を見るとやむを得ないことだったのかなとも思う。もちろん治安維持と引き換えに失ったものはたくさんあるし、規制も一時的なものであってほしいけど。

「……だから倉田は、長崎まで逃げてきたんだ」

「うん、これで転校は五回目。もうそろそろ疲れたかな」

「お父さんのこと、恨んでる？」

「……どうだろう。あの人も被害者だから」

倉田美星は、わたしよりもずっと大人だ。普通の女子高生が浴びちゃいけないほど大量の悪意が、彼女を変えてしまったんだろう。

ふざけんなよ、と思った。

倉田は何も悪くない。倉田のお父さんだってそう。

ただ、この世界を小惑星から救いたかっただけなのに——。

「……なんで、菅谷さんが泣いてるの？」

「うるさい。泣いてないよ」

「でもほら、現に泣いてるじゃん」

「眩しっ。急に懐中電灯向けんなよ」

こっちからは倉田の表情が見えてないのに、なんだか不公平だ。

腹が立って、わたしは倉田の手から懐中電灯をひったくった。

倉田が顔を背けるより早く、放射状に広がる光を差し向けてやる。

「……ははっ」

鼻水を啜りながら、わたしは言う。

「倉田だって泣いてんじゃん」

すぐ近くから、心地よい波の音が聴こえた。

どうして今まで気付かなかったんだろう。


暗闇の中を少し歩き、恐る恐る階段を下った先に、その展望台はあった。

岬の先端付近に建てられた展望台は正八角形をしていて、中心には丸みを帯びた謎のオブジェが配置されている。

海に一番近い面の手すりを両手で摑み、空を見上げる。

すぐに、倉田が夜になるまで時間を潰していた理由がわかった。

「うわ、すご……」

夏の夜空に、億千の星が散らばっていた。

宝石箱をひっくり返したみたいに、天球いっぱいに輝きが広がっている。右も左も前も後ろも、どこを見渡しても星ばかりだ。水中に溶けていくミルクのような光の帯が見えた。もしかしてあれが天の川だろうか。肉眼で見るのは、たぶん生まれて初めてだ。

足元で砕ける波の音を伴奏に、笑ってしまうほど幻想的な星空を眺める。

あの一つ一つが何光年も先の遠宇宙に浮かぶ星だなんて信じられない。失恋の悲しみも、日焼けした腕の痛みも、耳元を飛び交う羽虫の煩わしさも、この美しい魔法に比べたら、取るに足りないほどちっぽけなことに思えた。

わたしの隣で、倉田が星空に人差し指を伸ばしている。

「ここは北東の空だから……あった。あれがりょうけん座だ」

「りょうけん？　何それ、聞いたことない」

「猟をする犬と書いてりょうけん。ほら、あそこに星が二つ見えるでしょ。大きい星と、その上にある小さな赤い星」

「あ、あれかな。ほかの星はどれ？」

「ううん。二つだけだよ」

「はあ？　だってそれじゃただの直線じゃん。どこをどう見たら猟犬に……」

「しかも、あれで二匹分を表してるんだって」

「えー……さすがに無理があるわ」

「だよね。りょうけん座ほど強引な星座はないよ。二〇世紀になってから八八星座に認定された新入りだから、ギリシャ神話とかに紐づけられてもないし。本当に、なんであれが成立したのか全然わかんない」

「なんか腹立ってきたな。無茶苦茶じゃん」

「ね、無茶苦茶でしょ。だから私は、りょうけん座が一番好き」

どうしてか、倉田の言っていることは少しわかる。

星と星を無理やり線で繋げて、誇張しすぎた想像図で無理やり補強して、昔の人たちは独立した星々を〈星座〉だと言い張った。その図々しさは、何だかわたしに勇気を与えてくれる気がする。

もしかして、倉田もそうなんじゃないか。

色んな人に裏切られ、後ろ指を指されながら逃げ続けてきた少女は、星座みたいに図々しくなるしかなかったんじゃないか。

生きていくために。自分を肯定し続けるために。

だから倉田は、わざわざ原付で何十分も遠出してまで、この無茶苦茶な星座たちに会いにきたのだろう。

うん、もう言ってしまおう。

もし、この解釈が間違っていたとしても。

「倉田のお父さんはさ」

「うん」

「あの写真集で、世界中の人たちを励ましたかったんじゃないかなあ。たぶん、倉田とお母さんのことも」

雄大な草原と、そこで生きる動物たち。ニッケル鉱山と労働者。情熱的でカラフルなメキシコの街。水平線の向こうに広がる海。

大量絶滅の跡地で繰り広げられる、人々の営み。

「今回のやつより巨大な小惑星が落ちてきても、地球は案外うまくやってる。そりゃ色んな生き物が絶滅しちゃったかもしれないけど、なんやかんやで哺乳類は生き残って、猿が人間に進化して、戦争とか災害を乗り越えて、クレーターの上に街を造って元気に暮らしてる。そういうポジティブなメッセージを伝えたかったんじゃないかなあ」

「……結局、世間には全然伝わらなかったみたいだけど」

「でもまあ、お父さんはそれでもよかったんだろうね」

クラタ・リュウジが真意を伝えたかった相手は、顔も知らない世間なんかじゃない。自分と、その家族だけに届けばよかったんだ。

……いや、直接会って伝えろよ、とは思うけど。

「……あ」

「どうしたの、倉田(くらた)」

「小惑星ってさ、最初に発見した人が名前つけるんだよね」

「へえ、じゃあ〈メリダ〉って名付けたのもお父さん？」

「うん。……ああ、どうして今まで気付かなかったんだろう」

「なになに、どういうこと？」

「メリダって、メキシコの地名だよ。恐竜を絶滅させたチクシュルーブ衝突体が落ちた、ユカタン半島にある港町の名前。……なんだ、そういうことだったんだ。お父さんは、小惑星の名前に人類の希望を込めたんだよ」

「……それさ、記者会見でちゃんと伝えてれば、あんなに叩かれずに済んだんじゃ」

「お父さん、昔から口下手だもん。仕方ないよ」

「しょーがない人だなー。ウチの父親よりはマシだけど」

「そうなの？」

「ああ、言ってなかったっけ。わたしの父親も失踪してんの。たぶん南米にいる」

「えええええっ！」

「大丈夫大丈夫。あんなのいてもいなくても一緒だし――」

言いながら、最高のアイデアを思い付いた。

自然と口許がにやける。わたしは今、とびきり悪い顔をしていることだろう。

「倉田。一緒にさ、あいつら殴り飛ばしに行こっか」

「……え？」

「わたしの友達に凄腕のガンマンがいるからさ、その子に護身術とか教えてもらって」

「ちょっと、何言ってんの？」

「倉田のお父さんはメキシコでしょ。ちょうどいいじゃん。南米旅行がてら、家族を棄てた無責任な連中に鉄槌を下すなんてのはどうよ」

「言いにくいけど、菅谷さん。メキシコは南米じゃないよ」

「うそ」

「それに南米大陸ってすごく広いんだよ。どうやってお父さん見つけ出すの？」

「それはまあ、勘とかで」

「安全地帯だって勘違いされてるから、旅費もすごいことになってるよ。そもそも本当にお父さん南米にいるのかな？　途中で諦めて、案外まだ日本のどこかにいたりして」

「……倉田。醒めてるってよく言われない？」

「いや、菅谷さんが能天気なだけじゃ……」

それからわたしたちは三〇分くらい星空を眺めて、母親に心配される前に帰ることにした。まあもう門限は過ぎてるけど、一度くらいなら許してくれるだろう。

懐中電灯を頼りに夜道を引き返し、駐輪場まで戻る。

鍔付きの赤いヘルメットを被った倉田に塩バニラ味の棒付きキャンディを渡しつつ、できるだけ自然に声をかけた。

「明日から、学校よろしくね」

「え、うん」

「もしクラスの連中に何か言われても、わたしが守ってやるから。沙希も有栖もいいやつだし、めちゃくちゃ変人だけど凜映とかも助けてくれると思う。だからもう、倉田はどこにも逃げなくていいよ」

「……うん。わかった」

イグニッションキーを回し、エンジンを始動させる。

フルフェイスのヘルメットを被り、ライトをハイビームに切り替え、「よし！」と気合いを入れて前方の暗闇を睨みつけたところで、やっぱり心細くなってきた。

「……倉田、先に行ってくれる？」

「別にいいけど」

「……あの、ゆっくり運転してね。わたしがはぐれないように、定期的に後ろの様子も確認しながら。たまにコンビニで休憩も挟んだりしてさ」

「一〇秒も経たないうちに守られる側になったね、菅谷さん」

「怖いのは夜道だけだから！　昼間はわたしが守る！　約束する！」

「いまいち頼りないなあ」

でもありがとう、と小さな声で呟いて、倉田は原付を発進させた。

わたしも慌てて後を追いかける。ヘッドライトの光に照らされた小さな背中は、頭上に広がる星空よりもちょっと眩しく見えた。

4

さよなら前夜

——山田七海

YU NOMIYA
& BINETSU
PRESENTS

This summer will
end anyway

「さよなら前夜」

――山田七海（やまだななみ）

1

甲板の向こうに広がる海を眺めながら、きみはキャンディを口の中で転がしている。

パクチーとドラゴンフルーツのミックス味。正気とは思えない組み合わせだな、ときみは疑心暗鬼だったけれど、いざ口に放り込んでみればご覧の有様（ありさま）。すっかり夢中になり、池島（いけしま）行きのフェリーに乗ってからの二〇分間で、もう三粒目に突入している。

「七海（ななみ）って、変なお菓子色々知ってるよな」

甲板の上を吹き抜ける海風が、きみがくれた麦わら帽子を奪い取ろうとしてくる。

帽子のてっぺんを手で押さえる私の密（ひそ）かな奮闘にきみは気付いていない。きみは欄干に寄りかかったまま、フェリーの後ろに流れていく白い泡の群れを、澄んだ硝子玉（ガラスだま）のような瞳で眺めていた。

「この飴（あめ）もさ、パッケージに謎の言語が書かれてるし。こんなのどこで手に入れたの？」

「お父さんが海外出張多い人だから、よくお土産で貰（もら）うんだ」

「ふーん。まあ美味しいからいいけど」

「へえ、よかった。私は怖くて食べれなかったけど」

「……お前な、自分が食えないもん人に勧めるなよ」

「でも、大智くんってなんでも食べるから」

「人をカラスみたいに言うな」

きみは拗ねたように海の方を向き、それきり喋らなくなった。

からかいすぎたかな、と少し反省しつつも、きみが本当に怒ってるわけじゃないことはよく知っている。

きみは昔からそういう人だ。

自分の利益より他人の幸せが大切。人を傷つけることは最大の敗北で、自分にはみんなを笑顔にする義務があると思っている。だからきみは絶対に怒らないし、弱っている人を決して見捨てないし、あと少しで世界が終わるからといって自暴自棄になることもない。

だから私は、安心してきみにちょっかいをかける。

「えい、えい」

「おい、やめろよどこ触って」

「大智くんがこっち向いてくれるまでやめない」

「わかった、わかったから！　くすぐらないで！」

「やだ。悶(もだ)えて顔が楽しくなってきたし」

「なんか変な性癖に目覚め始めてない？」

　他に誰もいないフェリーの甲板で、私たちは小学生に戻ったみたいにはしゃぎ合う。そういえば、私はきみの子供の頃を知らないんだった。それが何だか悔しくて、くすぐり攻撃は過激化の一途を辿(たど)っていく。

　これ以上白熱すると海に落ちてしまいそうなので、不毛な争いは一時休戦だ。

　無意味に息を乱しながら、私たちはじっと見つめ合う。

「……ほんと、変わったよな七海(ななみ)は」

「もっと大人しい子だと思ってた？」

「出会った頃よりも、自然に笑うようになった」

「なにそれ。……あ、港が見えてきたよ」

　サッカーを辞めてから伸ばし始めた髪が、海風に吹かれて揺れていた。白Tシャツの首元には、いつか二人でラーメンを食べたときに付いたシミがまだ残っている。

　私は些細(ささい)なシミにもいちいち落ち込んでしまう人で、きみは次の衣替えのときまでシミの存在にすら気付かない人。正反対な二人だからこそ、私たちは終わりゆく世界を一緒に生きているのかもしれない。

　出会った頃からずっと変わらないきみに、私は微笑(ほほえ)みかける。

「急に誘ってごめんね、大智くん」

「ん？　いいよ、どうせ夏休みなんて暇だし」

「ありがとう。こんな遠くまで――」

不意に、喉の奥で言葉が詰まった。

能天気に小旅行を楽しんでいるきみを見ていたら、心の内側で罪悪感が膨れ上がっていく。

なぜなら、きみと過ごした日々は数時間後には確実に終わるのだから。

今夜私は、大好きなきみにさよならを言う。

この恋は、そんな残酷な結末を迎える。

＊

実を言うと、二年前の私はきみのことが苦手だった。

暗い部屋に閉じこもっていた私の絶望を無視して、毎日元気にチャイムを鳴らしてくるきみが、怪しい宗教の勧誘員みたいに思えたのだ。

「みんな寂しがってるから、元気になったら顔出しなよ」

「ずっと部屋の中いたら健康によくないよ」

「学校行くのつらいなら、近所のコンビニに散歩でも……って今はどこも開いてないか」

「あ、ごめん押し付けるつもりはないんだ！　ただその、俺たちは山田さんの味方だよってことを伝えたくて」

何もかも疎ましかった。

扉の向こうから話しかけてくるきみの無邪気さも、自分たちではどうにもできず娘のクラスメイトに説得を任せた両親の弱さも、彼らの善意に苛立つ自分の性格の悪さも。

絶望は磁力を放っている。

そんな真理を、当時の私は身に染みて感じていた。

このままじゃ駄目なことなんて重々わかっているのに、身体がベッドにくっついて離れてくれない。小惑星がすべてを吹き飛ばしてしまう恐ろしいイメージが、私から立ち上がる気力を根こそぎ奪っていく。

「放っといてよ！　私のことなんて！」

枕を投げつけると、扉の向こうにいるきみは沈黙した。

何も悪くないきみを理不尽に傷つけていることにも気付かずに、私は一切の躊躇もなく捲し立てる。

「こんなやつに構ってたって意味ないよ。北川くんだって本当はそう思ってるでしょ？　今まで能天気に過ごしてきたのに、小惑星が落ちてくるのが怖くなって突然部屋から出れなくなったやつなんて……関わっても面倒臭いだけ。どうせあと二年で人類滅亡なんだから、私なんかのために時間を浪費するなんてバカだよ。たまたま家が近いからって、先生に言われたからって、ねえ、そこまでする必要なくない？」

「なんでそんなこと言うんだよ。俺は……」

「……お願い。もう私に構わないで。これ以上、みんなに迷惑かけたくないから」

これでもう、北川くんは家に来なくなるな。

久しぶりに声を出したせいで疲れきった私は、なぜか冷静にそう思った。

終末性不安障害。

そう診断されたのは、小惑星が落ちてくるニュースを見た一か月後のことだ。

高校一年生の多感な時期に、巨大小惑星が人類を滅亡させるという現実を突き付けられたのが原因。物心ついた子供が「死」や「宇宙」について考えると眠れなくなる心理現象の酷い版で、世界中で似たような症例が続出しているらしい。

医師の説明を聞きながら、私は「だから何？」と考えていた。

言われなくてもわかってる。

Xデーは三年後なのに、今から外に出ることを異常に怖がっている私は病気だ。

NASAの計算式はやっぱり間違っていて、学校にいる間に小惑星が落ちてくるかもしれない。大陸からやってきた衝撃波は校舎もろとも私や友達や先生たちを吹き飛ばし、長崎の街を地獄に変えてしまうかもしれない。仮にまだ小惑星が落ちてこなくても、どこかで暴動に巻き込まれて酷い目に遭うかもしれない——頼んでもないのにそんな想像が脳内を支配し、そのたびに私は身動きが取れなくなる。

でも、診断名がついたからって何になるっていうんだ。

もし仮に、何かの奇跡が起きてこの病気を克服できたとしても——肝心の世界そのものが滅んでしまうのだから。

国連軍とNASAが協力して小惑星の軌道を逸らそうとしているみたいだけど、直径一・二㎞の巨大質量を人類がどうにかできるとは到底思えない。

どうせ、この世界は終わる。

クラスのみんながどんなに優しくても、毎日がどんなに楽しくても、私が将来の夢に向かって一年生の今から勉強を頑張っていても——そんなの全く関係なく世界は終わる。理不尽に、何の救いもなく終わる。

どんなに努力して部屋の外に出たところで、何もかも無駄になってしまうのだ。

だったら最初から希望なんて追い求めない方がいい。無意味にもがき苦しむくらいなら、最初から全部諦めて、一人きりで絶望に浸かっていた方がマシに決まっている。

生きる目的はとっくに失われた。

私はこのまま、抜け殻のままでいい。

それなのに、きみは次の日も扉の前にやってきた。

ドアを数回ノックし、一方的に世間話をしたあと、いつもの「みんな学校で待ってるよ」トークが始まるのだ。今回もきっとそうなる。

……と思っていたけど、その日のきみはずっと押し黙っていた。

正直、きみはよくわからない人だ。

中学三年生までJリーグクラブの下部組織でプロを目指してたエリートで、しかも容姿だって抜群に優れてるのに、クラスではどちらかというと地味な男子たちとつるんでいる。楽しそうに話しているのはいつも漫画やゲームのこと。派手な運動部の男子たちとは、なんとなく距離を置いているように見える。話しかけられたら愛想よく接しているけど、何だか見えない壁のようなものを感じる。

もしかしたらそれは、中学でサッカーを辞めた後悔や負い目が原因なのかもしれない。それとも、クラスの中心から弾き出されそうな人たちのことが放っておけないのだろうか？

だとしたら、きみが私に構ってくれているのも同じ理由だ。きみはほとんど無節操なほどに、善意に従って動いている。

でもね、北川くん。

その優しさが人を傷つけることだってあるんだよ。

きみが悪いんじゃない。あくまで私の心の問題。誰かに優しくされればされるほど、その優しさに応えられない自分の醜さを突き付けられている気がして、ますます呼吸が苦しくなっていくんだ。

だからもう、放っておいてほしい。

私はもう、抜け殻のままでいることを受け入れているから。

そんな私を連れ出そうなんて、はっきり言ってきみのエゴだよ。

「……実はさ、俺も引きこもってた時期があるんだよね」

予想外の方向から飛んできた言葉に、私の呼吸が止まる。

布団を頭まで被ったまま、扉の方に耳を澄ませた。

「俺さ、ガキの頃からずっとプロサッカー選手目指してたんだけど、中二のときに大怪我しちゃって。前十字靭帯断裂で、全治八か月だよ。

怪我を乗り越えてプロになった人なんてたくさんいるんだけど、正直俺ってあんまり才能なくてさ。そもそもレギュラーですらなかったのに、一年近くも棒に振っちゃったらプロになんてなれないよ。だから無理してリハビリ頑張ったんだけど、復帰して一か月くらいでまた再発しちゃって……。

……あのときはマジでヘコんだなあ。本当に、本当の本当に、俺はプロにはなれないんだって現実を突き付けられた。プロになって稼ぐ以外の人生なんて全く考えてなかったのに。何もかも犠牲にして頑張ってきたのに。親にも散々迷惑かけてきたのに。ああ、それなのにこんな終わり方なのかよ、って」

だから俺は引きこもった、ときみは言った。

「なんというか、自分が許せなかったんだよ。ガキの頃からずっと天才少年って持て囃されていい気になってたのに、九州中から化け物みたいなやつらが集まるチームじゃ全然通用しなかったし……挙句の果てには大怪我で引退だろ？　そんなのダサすぎる。期待してくれてた親とか友達に合わせる顔がないし、自分で自分のことを大嫌いになってた」

——こんな自分に、生きてる資格なんてないと思った。

それは、きみと私のどっちが言った台詞だったんだろう。

少なくとも、きみが遠い世界の住人じゃないと知れて安心してしまったのは事実だ。そんな自分の卑しさにも、またすぐに呆れてしまったけど。

いつの間にか、絶望が放つ磁力が少しだけ弱まっていた。

重たい布団を跳ね上げ、ベッドからどうにか脱出して、扉の方まで這っていく。でもここまでが限界。まだ私には、目の前の扉を開ける勇気はない。

それでも、かろうじて声を出すことはできた。

「き、北川くんは、どうして外に出られたの？」

必死で追いかけていた夢に裏切られたのに。

しかも、自分ではどうしようもないくらい理不尽な形で。

「現実逃避」

あまり予想していなかった答えに、私は少し驚く。

「……どういうこと？」

「ほら、引きこもってると時間が無限にあるからさ。毎日四本くらい映画観（み）てた。同い年のいとこが近所に住んでて、そいつが毎週段ボールでDVDを運んできてくれたんだ。映画ってけっこういいもんだよ。最悪な状況にいる主人公が泥水啜（すす）りながら頑張ってる姿見ると、なんだよ俺の方がマシじゃん、って思えてくる」

扉の向こうには、私が今まで知らなかったきみがいた。

きみはみんなが思っているよりずっと弱くて、けれどその弱さを克服する強さも兼ね備えていたのだ。

きみに会いたい、と暗い部屋の中で私は思った。

この扉を開けることさえできれば、そんな願いくらい簡単に叶（かな）うだろう。

でも——抜け殻の私に、そんな資格なんてあるのだろうか？

「そうだ！」きみは出し抜けに言った。「山田（やまだ）さんがよかったら、いとこに頼んで映画持って来てもらおうか？」

「……悪いよ、そんなの」

「大丈夫。あいつは映画好きを増やすためなら何でもする変人だから」

「で、でも」

「あ、ごめん！　押し付けるつもりはないんだ。俺らはただ、自己満足で部屋の前に段ボールを置いていくだけ。もちろん観ても観なくても自由。本当に、気が向いたらでいいから」

無償の善意を向けられるとやっぱり心苦しくなるけれど、断ったらかえってきみを傷つけてしまう気がした。

「……ありがとう」

「いいのいいの。俺も友達に映画布教するの好きだし」

「というか、何者なの？　そのいとこ」

「父親が映画屋やってて、そいつ自身も映画監督目指してる」

「映画屋？　何それ」

「説明がムズいんだよなー。まあ同じ高校通ってるから、いつか会えるかもよ」

それから少し世間話をして、きみは帰っていった。

その翌日、きみは段ボール箱いっぱいの映画を持って来てくれた。

その数は一〇〇本以上。「全部観てたら何か月もかかっちゃうよ」と私が言うと、扉の向こうのきみは「飽きたら学校に来ればいいじゃん」と笑った。

きみが帰ったあと、私はさっそく映画たちを部屋の中に招き入れた。

2

「そういえば、七海が最初に観た映画って何だったの？」

「覚えてないなあ。もう二年以上前だし」

「そっか。まあ一週間で三〇本も観たら忘れるよな」

「……よっぽど暇だったんだね、私」

さらりと嘘を吐くことができた私は、やっぱり性格が悪い。

本当は、最初に観た映画のことだけははっきり覚えているのに。

私たちは、長崎市の北西部——外海地区から出るフェリーで港に辿り着いていた。

フェリーに乗り入れるトラックとすれ違いながら桟橋を渡り、念願の池島に上陸する。

「うわ、テンション上がってきた」

「ずっと楽しみにしてたもんね」

「ああ、誘ってくれてありがとうな」

「やっぱり廃墟マニアの血が騒ぐ？」

「もちろん！」

廃墟巡りは、映画以外で唯一と言っていい、きみと私の共通の趣味だ。

世界にタイムリミットが表示されてからは、残り少ない人生を楽しもうと全国各地のテーマパークに人が殺到している。ハウステンボスも長崎バイオパークもグリーンランドも、高校生じゃ絶対に買えないくらいチケットが高騰しているのだ。その点、廃墟巡りにかかる費用は交通費だけ。なんてコスパがいい趣味だろう。

それに、長崎は廃墟マニアからは聖地とも呼ばれている土地だ。

軍艦島・針尾無線塔など有名な廃墟は数多い。中でもこれから向かう池島は、日本最高のスポットに推す人も多いらしい。

着地した瞬間のスニーカーみたいな形をした池島には、かつて国内でも有数の炭鉱があった。ディズニーランドとディズニーシーを合わせたくらいの面積に、最盛期の七〇年代には約七八〇〇人が暮らしていたという。

しかし時代は移ろい、石炭の需要はそっくりそのまま石油に置き換えられていく。結局池島炭鉱は二〇〇一年に閉山し、従業員やその家族が一斉に引き揚げた結果、今では島の大部分がゴーストタウンと化しているのだ。

もちろん、広大な炭鉱施設の大部分は今も残っている。

「でも信じらんないよな。島全体がゴーストタウンってのもそうだけど、そんな場所に遊園地を造ろうとした人がいるなんて」

「半年前に潰れちゃったけどね。オープンからたった四か月で」

「……もはや快挙だな」

私たちの最終目的地は、まさにその廃遊園地だった。

炭鉱跡を隅々まで見学したあと、県内最新にして最後の失敗建築を思う存分堪能する。自分から提案しておいて何だけど、ずいぶん物悲しいデートコースだ。

「オーナーはどこに勝算があると思ったんだよ」

「たぶん、最初から儲けようともしてなかったんじゃないかな」

炭鉱が閉山してから、池島の人口は急激に減った。ネットが使えない今は正確な数値を調べられないけど、たぶん一〇〇人くらいしかいないはずだ。おまけに、本土から遊園地への移動手段は一時間に一本もないフェリーだけ。

そんな場所に遊園地を造ったって、経営が成り立つはずがない。

結末は最初から決まっていたようなものだ。

港から一〇分ほど坂道を歩くと、ガードレールの向こうに炭鉱施設が見えてきた。

内部はさすがに立ち入り禁止だけど、ここからでも全貌を見渡すことはできる。

閉山してから数十年の歳月が経ち、炭鉱施設は雑草と錆に覆い尽くされていた。巻き上げ機が設置された鉄塔も、折半屋根の巨大な倉庫も、海沿いに放置された船積機も、施設と施設を繋ぐ連絡通路のようなベルトコンベアも。

　何もかも、緑色と錆色の中に沈められている。

「……なんていうか」

　デジカメのファインダーを覗き込みながら、きみは呟く。

「人類が滅亡した後の地球って、きっとこんな感じなんだろうな」

「そうだね」

「なんか、途方もない気分になるよ」

　広大な廃墟の迫力に圧倒されて笑いながら、きみはシャッターを切った。

　きみはいつも廃墟の写真を撮りたがる。子供のように目を輝かせて、立ち位置を何度も何度も調整して、時間の許す限り最高のアングルを探し求める。

　一方の私は、思い出をどこかに閉じ込めることなんて不可能だと思っている。だからいつも、目の前の景色を網膜に焼き付けるので精一杯。

　そういうところも本当に対照的だ。

「知ってた？　池島炭鉱が操業開始した五〇年代後半には、もうエネルギー革命が起きて石炭の需要が減ってたんだよ」

「何それ、最初から雲行き怪しくないか？」

「この島の炭鉱は、始まる前から終わりが見えてたんだ」

始まる前から終わりが見えているもの。

エネルギー革命の真っ只中（まっただなか）で、短い繁栄期を過ごした池島（いけしま）炭鉱。

客が来る見込みなんてないのに造られた遊園地。

もうすぐ人類が滅亡すると知りながら始まった、きみと私の恋。

それらが生まれたことに、果たして意味はあるのだろうか？　意味がないことを知りながら過ごす毎日に、希望なんてあるのだろうか？

それとも、こんなことを考えること自体無駄なのだろうか？

私にはわからない。

きみをこの廃墟（はいきょ）まで連れてきてもなお、その答えを見つけ出すことができていない。

――なんだか泣きそうになってきたので、会話を軌道調整することにした。

「それでも、最初のうちは順調だったらしいよ。海底にはアリの巣みたいに坑道が張り巡らされてて、総面積は東京二三区の半分くらい。従業員の給料も普通の会社員の二倍はあって、島の中にはボウリング場も歓楽街もあったみたいだよ」

「……相変わらずよく調べてるなあ」

「逆に、大智（だいち）くんはこういう情報興味ないよね」

「うん。俺は頭の中で想像を膨らませてるだけだから」

「どんな想像？」

「何十年か前までは、この炭鉱で大勢の人たちが働いてたわけだろ。たぶん危険な仕事だったはずだよ。それでも、家族を養うために泥まみれになりながら石炭を掘ってたんだ。それってすごく美しいことだと思うんだよ。生きる気力を貰えるっていうか」

そういうことを想像しながら、俺は写真を撮ってる。

そこまで言った後、きみは慌てて取り繕った。

「……あ、ちょっとイタかった？　最近深く考える機会があったから、つい」

「ううん、そんなことないよ」

きみは照れ臭そうに笑いながら、錆びた鉄筋が剝き出しになった建築物から突き出した、冗談みたいに捻じ曲がった非常階段を写真に収めている。今にも倒壊しそうなその建物の正体が火力発電所だなんて、きみはきっと知らないのだろう。

炭鉱の歴史を調べる代わりに、自然に侵食されて荒れ果ててしまった事実を嘆く代わりに、きみはかつてそこにあった美しさの欠片を探している。

きみは抜け殻でも愛してくれる。

今まで私は、そんなきみの優しさに甘えきっていた。

「……てか、池島の坑道ってそんなに広かったの⁉」

「ずいぶん時間差で驚いたね、大智くん」

「え、だってヤバいだろ東京二三区って！　行ったことないけど！」

「その半分の面積だよ。あ、私は行ったことある」

なんか負けた気分、と半ば本気で口を尖らせながら、きみは私の手を取って歩き出す。

きみの体温は八月半ばの陽射しにも負けないくらい熱くて、肌と肌が触れ合っている部分から温もりが沁み込んでくるのを感じた。

あの頃と同じだ。

きみから温もりを受け取ったから、私は外の世界に出ることができたんだ。

*

二年前、きみに大量のＤＶＤを借りた私は、自分でも心配になるほどに映画漬けの日々を送っていた。

最初に観た作品は〈ブルーバレンタイン〉。

一組の男女の、愛の始まりと終わりを描いたアメリカ映画。

二人が出会って結ばれるまでの幸せな過去と、崩壊に向かっていく冷めきった夫婦生活が交互に描かれる構成だ。

気持ちが沈んでるときに観る映画じゃないな、と思いつつも、私はテレビ画面を食い入るように見つめていた。あのときの私にはストーリーや役者の演技を楽しめるほどの余裕はなかったけれど、感情が激しく揺さぶられたことだけは覚えている。

なんというか、あの映画は最初から最後まで美しかったのだ。

夫のディーンも妻のシンディも、恋愛経験に乏しい私から見ても「それはちょっと酷くない？」と思える行動を取って、その結果結婚生活をどんどん破綻させていく。

それでも、かつてそこには愛があった。

結婚生活が抜け殻になってしまっても、その美しさだけは確かだった。

――私も、そんな愛を見つけられるだろうか。

たとえ世界がバッドエンドを迎えたとしても、思い出を大事に抱えながら終わりを迎えられるほど美しい日々を、残された時間で拾い集められるだろうか。


きみと私の交流はその後も続いた。

週に二回くらいきみが部屋の前に来て、観た映画の感想を語り合う。

悲しいくらい体力が落ちていた私は、三〇分話し込むだけで疲れきってしまったけれど、会話が途切れてもきみはただそこにいてくれた。

扉一枚を隔てた距離にいるきみの息遣いが、本当なら伝わるはずのない体温が、私の内側を少しずつ満たしていく。

しばらくすると私は両親とリビングで過ごせるようになり、最寄りのコンビニくらいまでの短い距離なら外出もできるようになった。

「……なあ、ちょっと散歩でもしてみない？」

そんな提案をされたのは、きみが来るようになってから一か月が経った頃だ。

部屋から出られるようになったくせに、いまだに私はきみの前に姿を晒す勇気がなかった。

直接対面はご法度。会うときは必ず扉を一枚挟む。まるで平安時代の貴族みたいだ。

あの頃はまだ、自分の奇妙な行動の意味がわからなかった。

お風呂には毎日入っているし、ぼさぼさだった髪もお母さんに切ってもらった。運動をしない代わりに食欲もないので、体型が崩れているわけでもない。化粧をしてないのは元から。

だいたい、きみはこれまで毎日会っていたクラスメイトだ。

顔を合わせられない理由なんて、何一つないはずなのに。

「……まだちょっと、体調が悪くて」

「そっか、無理なこと言ってごめん。きつかったら寝てなよ」

「ち、ちがうの！　別にそんな大したことなくて、や、体調が悪いのは悪いんだけど、話してるだけなら全然余裕っていうか……」

「やっぱ無理してるでしょ。山田さん、俺に気遣わなくていいからね？」

じゃあまたね。こまめに水分補給しなよ。

そう優しく言いながら、きみが立ち上がる気配がした。

お母さんが貸したスリッパがペタペタと音を立てる。きみは二階の廊下を渡りきり、階段を一段ずつ下りていく。

きみの存在がどんどん遠ざかっていく。

駄目、行かないで——切実に、そう思った。

だって、この機会を逃したらもう二度ときみの顔が見れない気がしたのだ。

またしょうもない言い訳を連発して、小惑星が落ちてくるその日まで逃げ続けるのがオチ。情けない私のまま、世界の終わりを迎えることになってしまう。

そんなの、絶対に美しくない。

「待って、北川くん！」

私はいつの間にか部屋を出て、階段を下りる背中に声をかけていた。

なんだか胸が苦しい。二メートルくらいしか走ってないのに。

階段の小窓から射す光が眩しい。今日は曇りのはずなのに。

きみは私の方を振り返り、穏やかに笑った。

「……久しぶり、山田さん」

「……うん、久しぶり」

「少し髪伸びた？」

「ううん、昨日切ったよ」

「……そっか」

「うん」

「……えっと、体調は大丈夫なの？」

「今治った」

「うそ。回復はや」

「北川くんは、ちょっと身長縮んだ？」

「……それ、山田さんが階段の上にいるからでは」

「あっ、そうか」

「はは」教室で何度も見た、穏やかな笑顔をきみは浮かべる。「元気そうでよかった」

それから私たちは、登校の予行演習と称して海鳴高までの道を歩くことになった。

陽が出ているうちから外に出るのは本当に久しぶりだ。嫌がらせみたいに急勾配の坂道と、アスファルトの上を漂う熱気に心身がやられそうになる。さっきからずっと、私は「暑い」とか「きつい」とかいう単語しか発していない。

足元だけを見て、一歩一歩踏みしめるように歩く。

どうしても、坂の上を見上げることはできなかった。

その先に広がる青空が視界に入ってしまうから。

「空が怖いの、山田さん？」

「え？」

「さっきからずっと、足元ばっか見て歩いてるから」

きみは意外と鋭い人だ。

些細な仕草から、私が抱えている恐怖心を見抜いてしまった。

「……頭では、わかってるんだよ」

体内に溜まった毒素を絞り出すように、私は続ける。

「小惑星はまだずっとずっと遠い宇宙にあって、肉眼で見えるはずがない。そもそも今は昼間だし。地球に落ちてくるの三年後だし。そんなの、わかってるんだけど……。なのに、空に小さな点が浮かんでる気がして怖いんだ。怖くてたまらないんだよ。稲佐山よりも大きな岩の塊が降ってくるなんて、私の頭じゃ想像もできないから……」

どうして私はこんな風になっちゃったんだろう。

首を上に四五度傾けるだけの、そんな簡単な動作さえできない人間が、本当に学校に通えるようになるのだろうか。

――いや、そもそも。

どうせ夢はもう叶わないのに、学校に通う意味なんてあるんだろうか。

私は本当に、きみの隣を歩いていてもいい人間なんだろうか。

「あ、え、山田さん泣いてる……?」

「……ごめん。面倒臭いよね、私」

「いや、そんなことないよ」

「そんなことある。だって現に面倒臭いもん」

「だから、そんなことないって!」

近所のコンビニに通ってリハビリするくらいじゃ駄目だった。世の中はそんなに甘くない。

上を向かずに坂道を進むことは、こんなにも難しい。

「……私ね、サーカスティックフリンジヘッドに会ってみたかったんだ」

たぶん、このことを誰かに話すのは初めてだ。

案の定、きみは上手に聴き取れなかったみたいだけど。

「さ、さーかすてぃっく?」

「通称〈エイリアンフィッシュ〉。聞いたことない? 私が知る限り、世界で一番奇妙な魚なんだ。たぶん、日本の水族館にはあんまりいない」

「完全に初耳だ」

「なんかもう、とにかく個性が山盛りなんだよ。やたら獰猛で、普段はヤドカリみたいに貝殻の中に棲んでて、敵を威嚇するときは口をグロテスクな花びらみたいに大きく広げる。あ、

〈ストレンジャー・シングス〉のデモゴルゴンに似てるかも」

「……そんなの実在するわけないだろ」

「実際にいるんだよ。カリフォルニアとかに生息してる」

「まさか自分で考えた？　今は検索して確かめられないからって」

「じゃあ、寿命が近付いたら自分で若返ることができる不老不死のクラゲは知ってる？　直径一メートル越えの人食い貝は？　オーストラリアには、岩とかサンゴに擬態して獲物を待ち伏せするサメがいるんだって」

「……もしかして、本当にいるの？」

「本当にいるよ」

「てか、山田（やまだ）さんって海の生き物が好きなんだ。知らなかった」

「うん。……だから私、海洋生物学者になりたかったんだ」

頑張って勉強して長崎大学の水産学部に入って、大学院に進んで研究に明け暮れる毎日を過ごす。実績を認められて研究者になったら、世界中の海を調査して新種の生物を見つける。もちろん海洋生物の保護活動にも挑戦してみたい。

やりたいことはたくさんあった。

でも、それらの夢が叶（かな）うことは決してない。

地球に衝突する巨大小惑星が、あらゆる生物を大量絶滅に導いてしまうから。

私が空を見上げられないのは、たぶん小惑星への恐怖だけが原因じゃない。

小惑星について考えるだけで、何もかもどうでもよくなってしまうからだ。

どうせ全部終わるなら、苦手な数学を勉強する必要もない。頑張って外に出る必要もない。

足首を摑んでくる絶望に抗う必要もない。

結局、抜け殻のままでいた方が安全なのだ。

絶望も喪失も、それを感じる心がなければ成立しないのだから。

「……でも、それじゃ駄目なことくらい、わかってるんだよ」

気付いたら涙が止まらなくなっていた。

何も言わずただ傍にいてくれるきみの優しさに甘えて、私は頭の中に散乱する感情を吐き出し続ける。

「私がずっと抜け殻でいたら、みんなに迷惑がかかるのも知ってるんだ。本当はみんな、最後くらい楽しく生きたいはずなのに。本当は、こんな空っぽな人間の相手なんかしたくないはずなのに」

「空っぽなんかじゃないよ。山田さんは頑張ってる」

「違うよ。私にはもう何もない」

これで、きみに嫌われたと思った。

抜け殻でいることを望んでいたはずなのに、この期に及んで未練がましい自分がたまらなく嫌になる。

卑屈な内心を垂れ流して、同情を買おうとしてる？

そんなの最低だ。消えてしまえばいいのに。

「……山田さん、ここで少し待ってて」

坂の中腹にあるバス停を指さして、きみは言った。この辺りに自宅があって、ちょっと用事を済ませてくるのだという。

もう戻ってこないだろうなとは思ったけれど、私にはどうすることもできない。言われた通り、バス停の屋根の下に避難した。

坂の下を見下ろしても、海の奥に広がる空が目に入ってしまう。

そのたびにまた絶望の磁力が強まっていく。だから私はベンチの上で体育座りして、太陽光に痛めつけられるアスファルトを眺めているしかなかった。

視界の端をアリの群れが歩いていた。

誰かがベンチの下に置いていったコーラの空き缶に群がり、底の方に残った糖分をかき集めて巣に運んでいる。

世界には二京匹のアリが暮らしていて、総体重は全人類を合わせた重さとほぼ同じらしい。

この前観た映画で知った豆知識だ。

二京匹のアリたちは、もうすぐ地球が終わることを知っているのだろうか。

せっせと餌を巣に運んでも、すべて無駄になることを知っているのだろうか。

絶望の磁力がどんどん強まっていく。

耐えきれずに叫び出しそうになった瞬間、陽射しが人の影で遮られた。

家からここまで走ってきたのか、きみは盛大に息を切らしている。

「ほらこれ、麦わら帽子。押し入れにあったやつだけど」

「……あ、ありがとう」

たぶん農作業用の、幅の広い麦わら帽子を受け取る。夏空のように青い帯布が、帽子の腰にぐるりと巻かれていた。

「これがあったら、空を見上げなくて済むだろ?」

顔を下に向けたまま、麦わら帽子を被る。

おばあちゃんの家の畳のような、なんだか少し懐かしい匂いがした。

*

麦わら帽子を被り直し、きみと手を繋いで山道を歩く。

あれから二年が経った今も、外に出るときの必需品だ。帽子を被ったところでやっぱり空は見えちゃうんだけど、絶望の磁力は前よりもかなり薄れた。きみに貰った初めてのプレゼントだから、被るたびに少しずつ勇気を分けてくれているのかもしれない。

　麦わら帽子という大きな武器を手に入れた私は、高一の二学期が終わるまでに復学することができた。最初のうちは保健室通学になることも多かったけれど、すぐに馴染むことができたのはクラスのみんなが助けてくれたおかげだと思う。

　そして——きみから告白された日も、やっぱり私は麦わら帽子を被っていた。

「……どうした七海。なんかニヤニヤしてるけど」

「ちょっと昔のこと思い出してただけ」

「昔のこと？　どんな？」

「ううん、内緒」

　麦わら帽子をお守りにして、きみと一緒に色々な場所に行った。

　大村湾の近くにある、スチームパンク感の漂う廃工場。長与の山奥にある廃ホテルは有名な心霊スポットだった。もちろん、定番の軍艦島にも二人分のお小遣いをかき集めて行ったことがある。デートスポットはずいぶん偏っている気がするけれど、きみとなら灰色の景色さえも輝いて見えた。

　たぶん、絶望の磁力が完全に消え去ることはないだろう。

　相変わらず小惑星は地球に迫っているし、私の夢が叶う可能性はゼロのまま。どう足掻いても、この恋はバッドエンドを迎える。始まる前から終わりが見えている。

けれどきみは、空っぽになった私を好きだと言ってくれた。

だから私は、最後までこの世界から逃げずにいようと決めたのだ。

抜け殻でも愛してくれるきみのために。


——少し前までの私は、間違いなくそう思っていた。

でもまさか、小惑星よりも先にきみとの別れが来るなんて。

数週間前——両親からあの計画を聞かされて、すべてが一変した。

3

その廃遊園地は、斜面をしばらく上った先にあった。

かつて炭鉱の従業員やその家族が住んでいた巨大団地内の、ちょっとした空き地を整備して造られている。

年配のオーナーが個人で出資したというから薄々想像はしていたけれど、敷地面積はずいぶんこぢんまりしている。住宅街の中にある、ちょっと大きめな公園くらいだ。

「けっこう暗くなってきたな」

すでに看板も撤去されたゲート付近を写真に収めながら、きみはしみじみと言った。

炭鉱跡を満足するまで眺めていたから、世界はもう夜に片足を突っ込んでいる。しかもこの辺りは廃墟のアパートが並ぶゴーストタウンなので、街灯なんて一つもない。

私はリュックから二人分の懐中電灯を取り出し、きみに手渡した。

「気を付けて探索しようね」

「おっけい。まあ全然老朽化してないし、たぶんお化けは出てこないだろ」

「お化けの心配なんてしてないけどなあ」

筋金入りの廃墟マニアなくせに、きみは心霊の類が苦手だ。

そういう存在のことを、幽霊じゃなく「お化け」と表現することも含めて、きみには少し子供っぽいところがある。

申し訳程度に設置されたカラーコーンとバーを跨いで、二人で遊園地の中に入る。

アトラクションはメリーゴーラウンドとコーヒーカップとゴーカートくらいで、あとは射的や輪投げができる小屋があるだけ。もちろん、ジェットコースターや観覧車の類はない。

「デパートの屋上くらい控えめなラインナップだな……」

「だよね。オーナーが個人で造ったから仕方ないけど」

「で、そのオーナーは今何してるの？」

「なんか、画家になったって聞いた気がする。長崎駅の近くで個展開いてるらしいよ」

「たくましい人だなあ」

「ね。いつか会ってみたいよ」

そんなことを話しながら、私たちはあちこちを撮影して回る。

もうかなり暗くなっているので、フラッシュを焚くのは必須だ。今撮った写真を画面でチェックしてみると、やっぱり心霊スポットの風景にしか見えない。フラッシュに不気味に照らされたコーヒーカップに、何か恐ろしいものが写り込んでいる錯覚がする。

「……七海。今なんか、影が横切らなかった？」

「山も近いし、イタチとかタヌキとかじゃない？」

「いや、そこまで小さくない。人間みたいな姿だった気が……」

「……気のせいだよ。幽霊なんているわけないよ」

「でも、確かに何か見えた気がするんだよな。それも二体……」

「やめてよ。私まで怖くなるじゃん」

きみの気を逸らすために、手を繋いで敷地の奥へと進む。

中央付近には涸れた噴水があった。宇宙服を着たチンパンジーのような、夜見ると普通に怖い姿をしたキャラクターの像が真ん中に立っている。

噴水の前に案内板があった。

彼の名前はアルバート。なんて皮肉だ。

「どうした？」

「なんで、オーナーはこんな悪趣味な名前をつけたんだろ」

「〈アルバート〉がそんなに変？」

　変だよ、と私は苦笑する。

「ユーリ・ガガーリンが人類初の有人宇宙飛行に成功する前、アメリカとソ連は実験動物を乗せたロケットを打ち上げてたんだ。その頃に、アメリカが初めて哺乳類を宇宙まで飛ばす実験に成功したんだって。その宇宙船のクルーが、アカゲザルのアルバート二世」

　相変わらず色々詳しいな、と笑った数秒後、きみの顔は悲しみに上書きされた。

「二世ってことは……初代アルバートは宇宙に行けなかったんだ」

「うん。初代のアルバートは、V2ロケットで打ち上げられてる最中に窒息死しちゃった」

「そっか、そんな犠牲が……」

「宇宙飛行に成功した二世も、地球に帰ってくるときにパラシュートが開かなくて即死。アルバート三世を乗せたロケットは大気圏を抜ける前に大爆発したし、アルバート四世と五世は宇宙には到達できたけど、やっぱりパラシュートの故障で死んじゃった」

「……アルバート六世は？」

「宇宙の一歩手前まで飛んで、無事地球に帰ってきたよ」

「それはよかっ――」

「その二時間後に死んじゃったけど」

この遊園地のオーナーに、どんな意図があったのかは知らない。もしかしたら、そこまで深く考えずに名前を付けただけなのかも。

彼の生まれた意味を知る手段は、もうこの島のどこにも転がっていない。

肝心の遊園地が潰れて、何もかも無駄になってしまったからだ。もはやアルバートは、無意味に風雨に晒され、無意味に埃を被って、無意味に朽ちるのを待つことしかできない。

石炭の需要が減ってしまったあとの炭鉱。

客が誰も来ない遊園地とそのキャラクター。

もう絶対に海洋生物学者にはなれない私。

どれも抜け殻だ。

存在価値を失って、形だけになってしまった抜け殻。

そういう存在のことを、私たちは〈廃墟〉と呼ぶ。

「……大智くん、本当のこと言っていい？」

「うん。どうした？」

「実は私、別に廃墟が好きなわけじゃないんだよね」

真夏の夜はとてもうるさい。

風に吹かれて揺れる木々、蛙たちの合唱、懐中電灯に群がってくる羽虫のはばたき、遠くからかすかに聴こえる波の音。

それらを伴奏にして、私は懐中電灯に下から照らされるきみを見つめ続けた。

「私は、抜け殻でも愛してくれるきみを見ていたいだけ」

廃墟に熱中するきみを見ている間は、抜け殻にも存在価値があると思い込むことができる。

夢を叶えられない私の人生には何の意味もないけれど、少なくとも、一緒にいることできみの心に何かを残すことはできるのだと。

それさえも手放してしまったら、私は抜け殻以下の何かに成り下がってしまう。

そんなことくらいわかっているのに、私はあまりにも愚かな決断をする。

「大智くん」私は絞り出すように言った。「二人で、写真撮ろうよ」

「こんな暗いのに?」

「だって、今日まだ撮ってなかったじゃん」

「そうだけど、明日じゃ駄目なの?」

「うん。明日じゃもう遅いから」

真意が摑めず戸惑うきみを無視して、私はデジカメのセルフタイマーを起動させた。

レンズをこちらに向けて噴水のオブジェの上に置き、きみに肩を寄せる。

きっと、これがきみと撮る最後の写真になる。

私は今、うまく笑えているだろうか。

緊張で顔が強張ってないだろうか。涙で目が赤くなってないだろうか。

それを確かめる時間を、この世界は私に与えてくれない。

あらかじめ設定していた一〇秒間はあっという間に過ぎ去り、たっぷりとフラッシュを焚(た)いてシャッターが切られる。

あまりの眩(まぶ)しさに、私は思わず目を閉じてしまった。

4

最後のデートの前夜。

私は、きみの叔父さんがやっている〈コバヤシ映画堂(えいがどう)〉に一人で来ていた。

映画が終わり、シアタールームに照明が灯(とも)り始(はじ)める。咄嗟(とっさ)に顔を伏せたのは眩(まぶ)しかったからじゃない。泣いている姿を店主に見せたくなかったからだ。

〈ブルーバレンタイン〉。

部屋に閉じこもっていた頃、きみに借りて初めて観(み)た映画。

ある一組の男女の、愛の始まりと終わりを描いた物語。

エンドロールの二曲目で、私の涙腺は決壊してしまった。

夫のディーンが妻のシンディに贈った、下手くそなウクレレの弾き語り。映画本編で最も幸福だったシーンの再現だ。その頃の二人は、愛の結末があんなに残酷なものになるなんて想像もしていなかっただろう。

私はもうすぐ、きみを徹底的に傷つける。

こちらの一方的な都合で、抜け殻でも愛してくれたきみに別れを告げることになる。

映画のように、愛が醒めた結果の別れならどれだけよかっただろう。

でもそうじゃない。きみは何一つ悪くないのに、きみへの想いはまるで色褪せていないのに、
この恋は唐突にバッドエンドを迎える。

——酷い裏切りだと、自分でも思う。

抜け殻の表面にわずかに残った存在価値さえも手放して、私は一人で歩いていこうとしてい
る。美しい思い出をポケットに入れて、自分勝手な旅を始めようとしている。

私の中に、ほんの少しだけでも、それを拒絶する勇気があればよかった。

結局私は、自分のことが可愛いだけなんでしょう？

「あれっ、もしかして泣いてる？」

いつの間にか、同じ制服を着た少女が隣に座っていた。

彼女は、きらきらと星の散る瞳で私の顔を覗き込んでいる。

リボンが青なので、たぶんこの子も高校三年生。鎖骨辺りまである綺麗な黒髪と、目元にあ
る泣き黒子が印象的。手足もすらりと長い綺麗な子。

容姿をパーツごとに因数分解したらけっこう大人びているはずだけど、肝心の仕草がやけに

子供っぽかった。

ローファーを脱ぎ、パイプ椅子の上に両足を上げて座るという行儀の悪さ。脚の間にはポップコーンがたっぷり入った紙バケツ。焦げたキャラメルの香ばしい匂いが鼻孔をくすぐる。彼女は、塩のついた人差し指を咥えながらまだこちらを見ていた。

私を慰めようとしている、みたいな雰囲気じゃない。

それにしては、表情に好奇心の輝きが溢れすぎている。

「私、きみのこと知ってるよ。山田七海ちゃんでしょ」

「うん。そうだけど……」

「初めまして。小林凛映っていいます」

「……あ、あなたが？」

「そ。私がウワサの凛映ちゃん」

小林さんは、キャラメル味のポップコーンを口に放り込んで笑う。

きみと一緒に大量の映画DVDを家まで運んでくれたという、いとこの女の子こそが彼女だった。

いつかお礼を言おうと思っていたけれど、ずっと先延ばしにしていたので少しバツが悪い。人見知りの私には、違うクラスにいる小林さんに話しかける勇気はなかったのだ。親御さんが経営している店に二か月に一回くらい通って、偶然会うことができないか待っていたのだけど、まさかこんなタイミングでその時がやってくるなんて。

「てかさてかさ」

子供っぽい仕草とは裏腹に、小林さんの声は少しハスキーだ。

「ほんといい映画だよね、〈ブルーバレンタイン〉。個人的には、これがライアン・ゴズリングの出世作だと思ってる。ここからどんどん売れていった感じするし」

「そう、なんだ。私はあんまり詳しくないけど……」

「やっぱり、いい俳優ってのはいい作品に巡り合うものなんだよね〜。〈ドライヴ〉〈マネー・ショート〉〈ラ・ラ・ランド〉……あ、そうそう。〈ブレードランナー〉の続編！　あれもライアンが主役だった！　ねえ、めちゃくちゃ名演だったと思わない？　感情を持ち始めたアンドロイドの役なんて、並の役者じゃ絶対できないって！　くぅ〜また観たくなってきた！」

「あ、あの……」

「シンディを演じてたミシェル・ウィリアムズもさ、この映画でアカデミーの主演女優賞にノミネートされたんだっけ。いいよねミシェル！　彼女のちょっと残酷なまでの芯の強さは、悲しい物語にこそよく合うよ。あ、もちろん〈マンチェスター・バイ・ザ・シー〉も観たよね？　あれもホントすごかったよね！　私一〇回くらい観たし、脚本にも書き起こしたよ。よし決めた！　次はこの店でライアンとミシェル特集を組むことにするよ。ありがとう七海ちゃん！」

「ええと、小林さん？」

「あ、ごめんごめん。〈ダークナイト〉も特集コーナーに忍ばせとけって言うんでしょ？ ジョーカーを演じたヒース・レジャーが、ミシェルの元婚約者だったから。わかってるね〜七海ちゃん。ふふん、さては相当な映画好きだね？」

「……私、まだ何も言ってないけど」

変な人だとは聞いていたけど、ここまでブレーキが壊れているとは思わなかった。

オタク特有の熱量。布教のためなら三時間でも四時間でもスピーチできそうなバイタリティ。何となく、廃墟について熱弁しているときのきみに似ている。

「それで、どうして泣いてたんだっけ？」

「……ずいぶん、方向転換が急だね」

「あはは、よく言われる。お前は明るいのにコミュニケーションが下手すぎるってさ〜」

「あ、自覚はあるんだ……」

やっぱり変な子だ。

でも、どうしてだろう。話の運び方はめちゃくちゃだし、コミュニケーションは一方通行すぎるけど、小林さんの言葉には聴き入ってしまう何かがある。

こういうのをカリスマ性と言うのだろうか？

いや、まさかね。

「……小林さんって、大智くんと仲いいんだよね？」

「まあ、いとこだしね～」

「実は私、大智くんと付き合ってるんだけど」

「知ってる知ってる。会うたびにノロケ話してくるから」

私の思い詰めた表情があらぬ誤解を招いたのか、小林さんは少し真剣な顔になった。

「え、もしかしてあのバカが何かした？」

「や、そうじゃなくて」

「遠慮せず言ってよ。私はあいつの弱みを一二個くらい握ってるからさ。こんな綺麗な子を泣かせたりしたら、血も凍るような制裁を加えてやる……って、大丈夫大丈夫！　別に怪我させたりしないから！　ちゃんとコメディタッチな感じで痛めつけてあげるから！」

「だから、大智くんは悪くないって！」

「そう？　残念だなあ」

「絶対、制裁するの楽しみにしてたでしょ……」

「気のせい気のせい」

どこまで本気なのかわかんないな、この子。

ポップコーンを美味しそうに頬張る横顔を見ていると、何だか力が抜けていく気がした。彼女は無重力空間にいるみたいにふわふわしていて、けれど存在の中心に超合金でできた芯みたいな何かが確実にある。

この子は、今という瞬間を切実に生きてるんだ。

宇宙の果てから飛んでくる小惑星なんて、ほんの些細な問題だと思っているんだろう。

「……小林さん。誰にも言わないって約束できる？」

「私の口の堅さはブロックバスター級だよ」

「んん？　どういう意味？」

「世界的大ヒット映画と同じくらいすごいってこと」

「……解説聞いても全然ピンとこない」

「まあいいから、とにかく話してみなよ」

「え……ものすごく不安だなあ」

「七海ちゃん。不安は物語を加速させるスパイスなんだよ。第二幕に進む前に、主人公は一通り葛藤しなきゃいけないのが定石なの。いきなり状況に順応して動き始めちゃったら、ちょっとさすがにご都合主義的だからね。だから友達とか奇妙な隣人とか——相手はまあ誰でもいいけど、とにかく誰かからアドバイスを貰って、一通り悩んだ上で決心するってのが王道のプロットなんだ。だからほら、覚悟決めて話してごらん。たぶん私、七海ちゃんの物語にとっての重要人物だよ？」

「なんか急に創作論語り始めた……」

「ふふん、だってこの世界は映画と同じなのさ。ありきたりで雑な言い回しだけど、人は誰でも自分の人生の主人公。だから七海ちゃんも、きみ自身の物語に酔ってみるといいよ。ほら、そう考えたら色々なことが楽しくなってこない？　こないかな？」

いまいち納得できないけど、小林さんが自信満々なのは確かだ。

気付いたら私は笑っていた。言っていることが無茶苦茶な少女に絆されてみるのも悪くない

と、少しだけ思い始めていたのかもしれない。

だから、私は語り始めた。

きみにもまだ話していない、重大な秘密を。

5

「知ってる？　ボリビアの高地に、一万世帯分のシェルターが建設されてるって話」

「ボリビアって、富士山くらい高いところに首都がある国？　南米だよね」

「よく知ってるね、小林さん」

「だってあの〈明日に向って撃て！〉の舞台になった国だよ？　実際の撮影地はメキシコだっ

たらしいけど」

「……やっぱそれも映画の知識なんだ」

ふふん、という独特の笑い方とともに、小林さんはポップコーンをまた一つ口に運ぶ。

「来年五月に来る小惑星に備えて、世界中の大富豪がこぞって南米にシェルターを建設してるらしいね。もちろん庶民には無縁な話。ディストピア映画みたいでゾクゾクするね～」

「でも、ボリビアのシェルターには大富豪じゃなくても入居できるんだ」

「へえ？」

「アメリカのなんとかっていう大富豪が始めた慈善事業でね、抽選に当たれば誰でもシェルターに入居できるみたいなんだ。自己負担はボリビアへの渡航費だけ。……まあ、今はそれだって一人四〇〇万くらいするけど。世界中で希望者を募ってて、応募者は五億人を超えたらしいよ」

ボリビアは小惑星が落ちてくるシベリアのほぼ真裏にあるし、首都のラパスは標高三六〇〇mを超えているので巨大津波の被害を受けることもない。

だから、応募者が五億人というのも不思議な話じゃないと思う。

「ちょっとちょっと、それって詐欺じゃない？」

小林さんの口からポップコーンが零れ落ちる。

「シェルターを口実にした特殊詐欺って、最近よくある話だよね？」

「大丈夫。お父さんの会社が建設に関わってるから」

私のお父さんは、旧財閥系の巨大企業の造船部門で働いている。

もちろん平社員だし、造船部門はシェルター建設に全く関与してないんだけど、情報だけはしっかり回ってきたようだ。

「社員っていっても、別に優遇されるわけじゃないよ。普通に、抽選に参加しなきゃいけない」

「ほうほう。一世一代のギャンブルだね〜」

「……そうだね」

「抽選はいつなの？」

「先週終わったよ」

「へ？」

「お父さん、当選しちゃった」

小惑星の脅威から必死に逃げようとする五億人の中から、私たち家族は選ばれたのだ。

凄まじい奇跡。本当はもっと喜ぶべきだ。たとえ人類が滅亡しても、安全なシェルターの中でどうにか生き延びることができるんだから。

すべてを投げ出してでもシェルターの居住権が欲しい人たちは、世界中にたくさんいる。

「すごいじゃん、七海ちゃんのお父さん。豪運だね！」

「うん。そうだけど……」

「あれっ？　全然嬉しそうじゃないなあ」

「だって……」

だって、ボリビアに行ったらもう長崎には戻れなくなるのだ。

現地への渡航費は一人片道四〇〇万円。両親と私の三人で一二〇〇万円だ。とてもじゃないけれど、何度も往復できるようなお金なんてウチにはない。

「六日後の朝に、ボリビアで当選者の審査があるの。犯罪歴とかがなければ審査は普通に通るんだけど、現地には絶対に行かなくちゃいけない。シェルターの入居日は来年の五月だけど、それまでに説明会が何回かあるみたいで……そのたびに、私だけ長崎とボリビアを往復することなんてできないんだ」

「え、じゃあどうするの？」

「ボリビアに住むしかないよね。小惑星が落ちてくる日まで」

言っている内に、また熱いものが込み上げてきた。

六日後の審査に間に合わせるためには、二日後にはもう長崎を出発しなければならない。

地球の裏側まで向かう旅だ。もちろん、日本からの直行便はない。深夜の便で長崎空港から成田空港へ向かい、そこからサンフランシスコまで九時間半のフライト。そこからさらに首都ラパスのエル・アルト国際空港へ、丸一日かけて向かうことになる。

そのくらい遠い場所へ、私は旅立つことになる。

きみと私は、果てしない距離で隔てられる。

もう二度と、きみと一緒に海の見える坂道を歩くことはできない。

「……私って、最低なんだよ」

ここでやめればいいのに、いとも簡単に感情の蓋が開かれていく。

「大智くんのことが好きなのに、大智くんはこんなに空っぽな私を好きでいてくれてるのに、私は家族と一緒にボリビアに行くつもりでいるんだ。だって、小惑星が怖いから。本当に本当に怖いから。

私ね、今もまだ空を見上げることができないんだよ。麦わら帽子を深々と被って、足元を見つめながらじゃないと外を歩けない。部屋に引きこもってたときよりはずいぶんマシになったけど、それでもまだ空が怖い。大智くんと付き合い始めてからは落ち着いてきたはずだったのに、助かる可能性が見えてきた途端に恐怖がぶり返しちゃった。

たぶん私、最後の日が近付いてきたらまともじゃいられなくなると思う。また外に出られなくなって、性懲りもなくみんなに迷惑をかけて……」

だから私は、両親と一緒にボリビアへ行く道を選んだ。

小惑星が怖いから。

錯乱した姿を晒して、きみに失望されたくないから。

どこまでも自分勝手な理由で、私はきみを裏切る。

「……ごめんね、小林さん。会ったばかりなのに、いきなりこんな話して」

小林さんは私の事情なんて知らないはずだ。

終末性不安障害のこととか、きみが麦わら帽子をくれたこととか、そういう前提をすっ飛ばして喋り続けるなんて自分勝手すぎる。人のことをまるで考えてない。

そもそも、話してる内容自体が最低だ。

恋人を見捨てて、自分だけ安全なシェルターに避難しようとする女。もし私が映画の登場人物だとしたら、観客はスクリーンにポップコーンを投げつけたくなるだろう。

それでも、小林さんは怒っていないようだった。

むしろ楽しんでいる節すらある。名探偵みたいに手を顎に添えて、彼女は何かをブツブツ呟いていた。

「なるほどねえ……。数奇な運命に引き裂かれる二人、か」

「……怒ってないの？」

「怒る理由がどこにあるのかな？」

小林さんはパイプ椅子から立ち上がり、重力を忘れたような足取りで正面のスクリーンの前まで歩いていった。

照明を反射してゆらゆらと煌めく黒髪をはためかせ、彼女はこちらを振り返った。

口許に、何か悪いことを考えているような笑みを湛えて。

「むしろ私は歓喜してる。こんなに素晴らしい役者と出会えたんだから」

「や、役者？」

「そう。きみみたいな子を待ってたんだよ」

「ど、どういうこと……？」

ふふん、と独特の笑い声がシアタールームに溶けた。

彼女の笑みには、妙な種類の自信が宿っている。

「実は私、今映画撮っててさ。別にちゃんとしたストーリーがあるわけじゃない。私の身の回りの人たちを追いかけたドキュメンタリーみたいな作品なんだけど。七海（ななみ）ちゃん、ちょっと出演してくれないかな？」

どうしよう。

この人、私よりよっぽど自分勝手だ！

「ちょっと、意味がわかんないよ」

「そうだよね。意味わかんないよね。愛し合ってる二人なのに、宇宙空間にある岩石なんかのせいで別れなきゃいけなくなるなんて」

「違う、そうじゃなくて！」

「うんうん。やりきれないよね。シェルターに応募したお父さんだって、家族を守るために動いてくれたわけだし。誰に怒りをぶつければいいかわかんないよね。ああ、きみはどうしてこんな時代に生まれてしまったんだろう！　愛には多少の障害は必要だって言うけれど、こんな地球規模のパニックなんて誰が想像できたの？　なんて悲劇！　つらすぎる！」

「あの、もう帰ってもいいかな！」

そんな、急に自分の世界に没入されても困るし。

荷物をまとめて椅子から立ち上がると、小林さんは必死の形相で駆け寄ってきた。

「待って！　話はここからだから！」

「だから、映画なんて出ないって」

「なんで⁉　すごい作品になるんだよ⁉」

「……そんなの知らないよ」仕方なく、私はもう一度椅子に腰を下ろす。「だいたい、私は四日後には出発しちゃうんだよ？　もう間に合わないよ」

「大丈夫。ちゃんと撮影プランは組んだから」

「ええっ？　そんなの、いつ」

「ついさっき！　七海ちゃんが泣いてる顔を見てたら、なんか降りてきた」

さらりと凄まじい発言をしたあと、小林さんは吐息がかかる距離まで顔を近づけてきた。

澄んだ瞳には、相変わらずいくつも星が散っている。

こんなに綺麗なものを至近距離で見ていたら、反論なんて思いつかなくなりそうだ。

「ときに七海ちゃん。明日の予定はあるのかな？」

「……特にないよ。荷造りも全部終わっちゃったし」

「大智にはもう会わないの？」

どくん、と心臓が大袈裟に音を立てた。

なんで、初対面の相手にここまで踏み込まれなきゃいけないんだ。

柄にもなく私は憤慨した。華奢な身体を突き飛ばして、そのまま店を出ようとまで思った。

でも結局、私はそこまで強い人間にはなれない。

両目いっぱいに涙を溜めて、映画監督気取りの少女を睨みつけるので精一杯。

「……会えるわけ、ないじゃん」

「どうして？」

いつの間にか、小林さんは見たことない形状のカメラをこちらに向けていた。

どう見ても家庭用じゃない。なんだかゴツゴツしていて重そうだし、ふわふわした素材で覆われたマイクまで取り付けられている。こんなもの、今までどこに隠していたんだろう。

不思議と、カメラを払いのける気にはならなかった。

撮りたいなら撮ればいい。

私の苦しみを、罪悪感を、そして傲慢さを、無機質なレンズ越しに眺めていればいい。

どれだけ撮っても、この世界の残酷さは何一つ変わらないから。

「私は、これから大智くんを裏切る。裏切って、どうしようもなく傷つける。自分の命惜しさに。ただ小惑星が怖いっていうだけの理由で。……そんな人間が、最後に会って別れを告げるなんて許されるわけないよ。

事情を説明して、それで罪悪感を軽くしようなんて甘えすぎ。釈明なんていらない。許してほしいなんて思っちゃいけない。そんなのただの自己満足だよ。私は、最後の瞬間まで大智くんに憎まれ続けなきゃいけないんだ」

「だから、何も言わずにいなくなろうってこと？」

「そうだよ。悪い？」

「きみ自身が、ぜんぜん納得してないように見える」

「……あなたに何がわかるの？」

もういいや。

どうせ何もかも棄てちゃうなら、今更悪者になるのを怖がる必要もない。

「だいたい、会って何を話せばいいの？　『今までありがとう』とか？　『離れても元気でいてね』とか？　そんなのさ、ちょっと無責任すぎないかな？

大智くんは、本当に優しいんだよ。部屋に閉じ籠もっていた私を見捨てないでくれて、外の世界に引きずり出してくれて、こんなに空っぽな私を、抜け殻みたいな私を……好きだって言ってくれた。

大智くんはそれくらい優しい人だから、きっと私を許してくれるよ。本当は傷ついてるのに、本心を隠して私の決断を尊重してくれるよ。そういう人なんだ。でも……」

「許されてしまうことが、怖いんだ」

「………」

「七海ちゃん自身が、自分のことを許せないから」

「……ひぐっ」

「大丈夫。ゆっくり話して」

「……わ、私だって会いたいよ」

「うん」

「……だけど、そんなことしたら、大智くんが前に進めなくなる」

「うん」

「大智くんには、私のことを恨んでいてほしい。あんな馬鹿のために無駄な時間を過ごしたって呆れて、すぐに吹っ切って、もっと可愛くて性格のいい子のことを好きになってほしい。大智くんってモテるから、そんな子すぐに見つかると思うよ。むしろ、今まで私なんかと付き合ってたのがおかしかったんだって」

「はあ……」

「……なに？」

「きみはほんと、自己肯定感が低いねえ。そういうところが主人公っぽいんだけど」

小林さんは、カメラをパイプ椅子の上に置いた。

彼女はそのまま、私の方へと近づいてくる。

「きみはいい子だよ。大智みたいなアホには勿体ないくらいに」

「……今の話聞いてた？　私はこんなに自分勝手で——」

「結局きみは、大智を傷つけたくないんでしょ？　自分が悪者になって、大智の悲しみを自分への怒りに転化させようとしてる。そうすることで、あいつを守ろうとしてる」

　でもさ、と小林さんは歌うように続けた。

「それって結局、バッドエンドじゃない？」

「……そうだよ。そうするしかないんだ」

「でも私さ、バッドエンドってあんまり好きじゃないんだよねえ。ああもちろん、ホラー映画は例外だよ？　魅力的なバッドエンドはいくらでもある。ドリュー・ゴダードのあの発明は最高にイケてるし、アリ・アスターみたいに世の中を憎悪してる監督も大好き。〈ブルーバレンタイン〉とか〈ダンサー・イン・ザ・ダーク〉みたいに、最初から結末が暗示されてる作品もアリかなあ。ああ、そう考えたら例外なんていくらでもあるじゃん！　ごめん撤回！　別に私、バッドエンド嫌いでもなんでもなかったわ」

「……ええと、何の話？」

「あわっ、盛大に脱線した！　とにかくだね、私が言いたいのは——」

　シアタールームを満たす環境音が、一瞬にして消えた。

「最初から、ハッピーエンドを諦めるなよ」

結末ならもう一つあるじゃんか、と彼女は続ける。

「きみは大智に別れを告げて旅立つけど、一二月にはNASAと国連軍の作戦が見事成功してしまう。今までの絶望はいったい何だったんだ、ときみは呆れる」

「なにそれ」

「いいから聞いて。——拍子抜けしたきみは家族と一緒にボリビアから帰ってくる。何か月かぶりの長崎の街はもうお祭り騒ぎ。あちこちで爆竹が炸裂して、子供たちははしゃぎ回り、大人たちは昼間から酒盛りしてる。そしてきみは、煙でもくもくの路上で、見慣れた後ろ姿を見つけるんだ。

キャリーバッグを放り出してきみは走る。浮かれた通行人たちとぶつかりながら、目に染みる白い煙をどうにか掻き分けながら、ひたすらに走り続ける。

そして彼に追いついたとき、きみはよくわからない感情で取っ散らかった頭の中から、最適な言葉を必死に探す。でも結局見つからない。きみはドラマチックな再会を諦めて、一つ深呼吸をしてから、少し気まずそうに凡庸な言葉をかけるんだ」

ただいま、大智くん。

待たせちゃってごめんね。

いかにも平行世界の私が言いそうな言葉を、小林さんは静かに紡いだ。

「……ありえないよ、そんな結末」

「そうかな?」

「ポジティブなんだね、小林さんは」

「うん、よく言われる」

「私は、そんな風には奇跡を信じられない」

「なんで?」

「なんでって……そんなの、現実的に考えたらさ」

「現実なんてクソ喰らえだよ。七海ちゃん」

言葉とは裏腹に、彼女は世界のすべてを肯定するように笑っていた。

「奇跡でいいんだよ。私たちは奇跡だけを信じてればいいの。七海ちゃんもさ、映画の主人公になったつもりでいなよ。そしたら世界変わるよ。現実なんかに絶対負けない、私は奇跡を起こせるんだ!　……って本気で思えてくるから」

「……無茶苦茶だよ。破綻してる」

「ふふん。世界で一番無茶苦茶な人間だけが、物語の主役を張れるのさ」

「私は、小林さんとは違うよ。主人公になんかなれない」

「いいや、きみは主人公だよ。たったいま私が決めた」

「はあ？」

「撮りたい画はもう決まってる。準備もあと一日で必ず終わらせる。だからあとは、きみが決断するだけだよ」

それから小林さんは、とびきり無茶苦茶な撮影プランを説明し始めた。

あまりにも非現実的で、奇跡が幾重にも起きなければ成立しない計画だ。成功確率はどれくらいだろう。少なくとも、小惑星が落ちてこない確率よりは低い気がする。

それでも彼女は、自信満々に語り続けた。

「自主制作映画だから、悪いけどギャラとかは払えない。ごめんね、でも見返りは期待して て」

「……何をくれるの？」

「とっておきの魔法」

「魔法……」

「小惑星なんかどうでもよくなるくらい、完璧な魔法を演出してあげる」

その瞳には、恐怖なんて微塵も映り込んでいなかった。

もはや、やけっぱちだ。酔狂としか言いようがない。

ついさっき初めて会っただけの、胡散臭い映画監督の甘言に乗せられて、私は奇跡を信じてもいないのに計画を実行することにした。

そこから先の行動は早かった。

路面電車の最寄り電停で降り、長い坂道を駆け上がった私は、きみの家のチャイムを鳴らした。

6

真っ暗な噴水前で撮った写真は、笑っちゃいそうになるくらい出来が悪かった。

過剰なフラッシュのせいで、私の顔はほとんど白く飛んでしまっている。きみの方は少しマシだけど、それでも両目が夜行動物のように真っ赤に光っていた。

「んー」きみはゆっくりと背伸びをした。「七海、そろそろ宿に行こっか。もう真っ暗で何も見えないし。危ないよ」

「大智くん。最後に、したいことがあるんだけど」

「いいよ。何？」

「メリーゴーラウンドに乗りたい。あっちの方にあったよね」

目的の遊具は、敷地の一番奥にあった。

もっとまともな遊園地なら、花形のジェットコースターがあるような位置だ。悲しいくらい予算が少なかったここでは、未就学児でも乗れるくらい安全な遊具がメインを飾っている。

きみは、馬が一〇頭しかいないメリーゴーラウンドを懐中電灯で照らした。

「ここって、潰れたの半年前とかだよな？」

「そうらしいね」

「なんか、平成初期からあったくらいボロボロなんだけど……」

きみの言う通り、メリーゴーラウンドは悲しくなるくらい老朽化していた。回転台や馬の塗装は所々剝げていて、天蓋に取り付けられた電球もいくつか割れている。

たぶんこれは中古品。予算に限りがあったみたいだから、新品の遊具を設置することができなかったんだろう。

「でも、こういうの大好物だな」

きみは錆びついたメリーゴーラウンドの周りを歩きながら、様々な角度から写真を撮っていく。きみが焚いたフラッシュが、断続的に暗闇を引き裂いていく様子を、私は唇を嚙みながら見守った。

こんな時間になっても、まだ合図は出ていない。

やっぱり、あんな計画は無謀だったのだ。

最初から信じてもいなかったけど、いざとなると落胆する。

奇跡なんて起こらないし、小惑星はこの世界を滅ぼす。

それが結末。最初から定められていた運命。

だから私は、きみにさよならを言わなければならない。

一方のきみは、私の失望なんて知ったことじゃない。いつもと同じような笑顔で、能天気にデジカメの画面を見せてくる。

「やっぱ駄目だ。全然撮れてない」

「そうだね。やっぱり一眼レフじゃないといけないのかな」

「だよな……。でも今って材料不足でカメラ高いよな?」

「うん。安いやつでも二〇万くらいするんじゃないかなあ」

「マジかよ。そんなん絶対買えないじゃん」

「……あのさ、大智くん」

「どうした?」

「大事な話が、あるんだけど」

一度切り出してしまったからには、もう戻れない。

世界は真っ暗なままだけど、もう止まることはできない。きみと私にまつわるすべてを、今ここで終わらせなきゃいけない。

結局、小林さんの言う〈魔法〉は発動しなかった。

でもそれでいいんだと思う。ありもしない奇跡を待ち侘びたって、期待を裏切られたときの落胆が大きくなるだけ。

　そろそろ、きみに別れを告げなければいけない時間だ。

「……大智くん」

「どうした？」

「私たち、もう付き合って一年半くらいだよね」

「もうそんなになるのか。早かったなあ」

「うん、あっという間だった」

　ただ楽しいだけの恋ではなかった、と思う。

　何度か大きな喧嘩もしたし、私のわがままできみを怒らせてしまったことも、きみの大雑把さにイライラしてしまったこともある。そもそも、近付くきっかけになったのは私の終末性不安障害だ。何十億もの人々の不幸を背負って、きみと私の恋は始まった。始まる前から終わりが見えている恋を、きみと一緒にここまで紡いできた。

　だからこそ、かけがえがないのだ。

　きみ以上に、私に寄り添ってくれる人はいない。

　きみ以上に、私の感情を掻き乱してくれる人も。

　きみは私のすべてだった。私にとって、それは何よりも幸せなことだった。

　だからこそ、私はきみにさよならを言わなければならない。

抜け殻でも愛してくれたきみに。

「大智くん。私たち――」

とっくに覚悟を決めたはずなのに、喉の奥から嗚咽が込み上げてくる。

涙で視界が滲み、まともに立っていられなくなる。

続きを言わないといけない。あとたった五文字だ。それを言うだけで、この恋を終わりにすることができる。

それなのに、往生際の悪い疑問が脳内を埋め尽くしていく。

かつてそこにあった美しさの欠片を大事に抱えて、私は、きみのいない世界を生きていくことができるのだろうか？　本当に？

――ここが青空の下ならよかった。

迫りくる小惑星の恐怖に圧し負けて、何もかもを手放したい気分になれるから。

きみの姿が辛うじて見えるほどの暗がりでは、自分の感情を見渡すことすら難しい。抜け殻の中に、まだ存在価値が残っていると錯覚しそうになる。

現実逃避のように、私はぐっと目を閉じる。

魔法が発動したのは、その数秒後だった。

7

「…………は？」

きみが素っ頓狂な声を上げたので、何事かと思って目を開ける。

きみは両目を見開いて、口を鯉みたいにパクパクさせていた。完全な放心状態だ。

その顔がさっきまでよりも鮮明に見えたことで、私はすぐに事態を把握する。

きみが驚くのも当然だ。

とっくに潰れた遊園地のメリーゴーラウンドが、急に動き始めてしまったのだから。

軽快な音楽が流れている。少しノイズの混じった、メルヘンチックだけど物悲しい曲。吹奏楽器とピアノとマリンバが、妙に安っぽいハーモニーを奏でている。天蓋や中央の柱に取り付けられた無数の電飾が、台の上で待機する馬たちを照らしていた。

信じられない。

小林さん――あの酔狂な映画監督は、本当に奇跡を起こしてしまったのだ。

たぶん地球が小惑星を回避するよりも難易度の高いミッションを、彼女はたった一日で実現してみせた。

「……嘘みたい」

「これポルターガイストだよな⁉　そうだよ絶対！」

「それは違うよ、大智くん」

「だってほら、さっき幽霊いたし……！」

「大丈夫。幽霊なんていない」

「で、でも実際に……！」

私だって、何がなんだかわからない。

きみのいとこは、どんな手段を使ってメリーゴーラウンドを動かしたんだろう。

けれど、冷や汗まみれで狼狽するきみを見ていたら、少しだけ冷静になることができた。

「私が魔法をかけたの」きみをどうにか抱き締めて、私は耳元で囁く。「せっかくだから、ちょっと遊んでいこうよ」

「ど、どうやってこんな……」

「内緒」

後で小林さんにお礼を言おう。それからちゃんと伝えよう。あなたはきっと、すごい映画監督になれるって。

だってあなたは、とっておきの魔法で私の絶望を吹き飛ばしてくれた。

わけのわからない感情が、胸の奥に詰まっていたものをどこかへと押し流していく。

「行こう」

きみの手を引いて、準備万端のメリーゴーラウンドへと歩く。

きみは優しそうな顔をした白い馬に乗る。私はその隣の黒い馬に跨り、ビデオモードにしたデジカメのレンズをきみに向ける。

相変わらず臆病なきみは、どうして急に電気が点いたのかわからず怯えているようだった。まだ動き始めてもないのに、馬の背中から垂直に生えた手すりに必死にしがみついている。スポーツ万能なくせに、ずいぶん情けない格好だ。

唐突にブザーが鳴り響き、メリーゴーラウンドが回り始める。

無機物でできた馬たちが、ゆっくりと上下しながらステージを駆けていく。

メルヘンでチープな伴奏とともに。

状況の理解を諦めたきみの苦笑とともに。

私は、電飾に色んな角度から照らされるきみを動画に収める。

きみの瞳や、無数の光の粒の中に、二人で過ごした日々が次々と映し出されていく。

休日の廃墟巡り。学校に続く坂道で交わした会話。初めて重ね合わせた唇の感触。

きみの笑顔が、体温が、呼吸が、抜け殻の内側を照らし出してくれた。

きみと過ごした日々は、どこまでも美しい色彩に満ちている。

――どうして私は、こんなに大切なものを手放そうとしたんだろう。

抜け殻の私にだって、奇跡を信じる権利くらいあるのに。

たった三周で、メリーゴーラウンドは役目を終えてしまった。

糸が切れたように急停止し、メルヘンな音楽もブチっと消える。電飾の光だけは、まだかろうじて生き長らえていた。

馬から降りた私たちは、回らない回転台の上で見つめ合う。

眩(まばゆ)い光が、きみの笑顔を明るく照らしている。

「あ、さっきの話だけどさ」

何でもないことのように、きみは呟(つぶや)いた。

「俺、七海(ななみ)と別れる気ないから」

「え?」

どうしてバレたのだろう。

口を開いたまま硬直する私を尻目に、きみは照れ臭そうに頬を掻(か)いていた。

「七海(ななみ)は真面目過ぎるんだよ。ちょっとボリビアに行くからって、わざわざ別れる必要ないだろ。俺は長崎(こっち)で待ってるよ」

「……誰から聞いたの、それ」

「シェルターの存在はニュースで知った。なんか最近様子がおかしかったし、七海(ななみ)のお父さんは財閥系の造船所で働いてるし。それでピンときて、忘れ物を届けるフリして家に行ったんだ。

もちろん、七海が友達と遊んでて不在のときに」

「……全然気付かなかった」

「七海のお母さんから全部聞いたよ。明日の夜なんだってな、長崎を発つの」

「……うん」

きみは私の肩をぽん、と叩いて笑った。

「よかったじゃん。行ってきなよ」

「……恨まないの？　私、大智くんのこと裏切るんだよ」

小林さんがメリーゴーラウンドにかけた魔法で、私は世界が救われる可能性を信じることができた。NASAと国連軍のプロジェクトは成功するかもしれないし、小惑星の軌道が逸れて地球にはぶつからないかもしれない。そんな楽観的な結末を想像できるくらいには、私は今心を動かされている。

——でも、それとこれとは話が別だ。

一度きみを裏切る決断をしてしまった時点で、私はきみの隣にいる資格を失っているのだ。

だからもう、私たちは別れた方がいい。

もし、万が一地球が生き延びたとしても、きみの隣にいるのは私以外の誰かの方がいい。もっと、きみのことを第一に考えてくれる誰かの方がいい。

それが、私が一番に願うハッピーエンド。

きみが幸せになってくれれば、私は他に何もいらないのだ。

「意味わかんねー。なんで恨むんだよ」

「……え？」

「だって、小惑星が落ちてくるんだろ？　シベリアからわりと近い日本なんて粉々になっちゃうんだろ？　……そんなのめちゃくちゃ怖いじゃん。遠くに逃げられるチャンスがあるなら、絶対に摑むべきだよ」

「だけど私は、大智くんを置いて一人で――」

「むしろ、一人で長崎に残る方が許せないくらいだよ。だから七海は何も悩まなくていい。俺への後ろめたさなんかいらない。そんなこと、何一つ考えなくていい」

しみじみと実感する。

私は、きみのそういうところに甘えてきたんだ。

きみはいつでも優しくて、私のことを一番に考えてくれて、自分の利益なんかこれっぽっちも勘定に入れていない。

あまりにも尊い自己犠牲だ。

腹立たしさを覚えてしまうくらいに。

「……大智くんは、怖くないの？」

気付いたら、情けない声が漏れていた。

「私だけ安全な場所に逃げて、残されたきみはここで〈運命の日〉を迎えなきゃいけないんだよ？　それで全部終わっちゃうかもしれないんだよ？」

「そんなの……怖いに決まってるだろ」

「だったらどうして！　私はこんなに空っぽなのに、存在価値がなくなった抜け殻なのに……。どうして見限ってくれないの……」

　きみは優しい人だ。

　かつてそこにあった美しさの欠片を想像して、抜け殻でも愛してくれる人だ。

　だからきみは、善意で私の隣にいてくれているだけ。

　いつまでも甘えていると、惨めな気持ちになってしまいそうだ。

「はあ……。どこまで自己肯定感低いんだよ」

　きみは、きみのいとこと同じような溜め息を吐き、私を強く抱き寄せた。

　突然の行動に混乱しているうちに、きみの言葉で鼓膜が震える。

「廃墟に行く前に、そこの歴史をしっかり調べてくるところが好きだ」

「……どうしたの、急に」

「こんな時代なのに、授業もテストも全然サボらないところが好き。服とか小物を大事に使ってるところが好き。俺が適当なこと言っても、なんだかんだ笑って許してくれるところが好き。誰にでも優しいところが好き。俺と話すときだけ声のトーンが少し低くなるところも、気を許してくれてるのが伝わってきて好き」

「……やめてよ。恥ずかしいよ」

「普段は大人しいのに、二人きりのときだけ悪戯っぽくなるのも好き。外国の変なお菓子を色々知ってるのも好き。ていうか顔も声も好きだ。自慢の彼女だと思ってる」

きみは、普段なら絶対に言わないような言葉を私にくれる。いきなり奇跡が起きたせいで、熱に浮かされたような気持ちになっているんだろう。

顔が真っ赤になっているのが、自分でもわかる。

早く照明消えてくれないかな。

そしたら、恥ずかしさで悶えずに済むのに。

「抜け殻なんかじゃないよ」

何の躊躇もなく、きみは言った。

「小惑星のせいで夢を諦めたからって、何の関係があるんだよ。俺は七海の好きなところをいくつでも挙げられる。会うたびに好きな理由が増えていくんだ。

だいたいさ、考えてみろよ。こんな奇跡が起きたんだぞ？　メリーゴーラウンドが回るなら、ＮＡＳＡと国連軍の作戦だって成功するよ。そしたら七海の夢も復活だ。海洋生物学者にだってなれるんだ。……なあ、それでも自分のこと抜け殻とか思ってんの？　マジで言ってる？」

きみは半ば怒ったような顔で捲し立てる。本気で、私の自虐的な物言いを撤回させようとしている。

抜け殻に、新たな存在価値が注がれていく。

錆びついていた感情が、廃遊園地のメリーゴーラウンドのように回り始める。

――もしかして私は、自分のことを許してもいいのだろうか?

「……大智くんは、ずるい人だよ」

「そうか?」

「うん。だから、ボリビアから帰ったらよろしくね」

「……わかった。お土産頼むよ」

また溢れてきた涙を隠すため、私はきみの胸に顔を埋めた。

きみはいつも世界を肯定している。

悲観的な私の憂鬱を笑い飛ばして、「そんなの大したことないよ」と教えてくれる。

だったら――私も、きみの楽観主義に乗っかってみることにしよう。

明日から始まるのはただの南米旅行。シェルターの審査に合格したところで、どうせ私たちの心配は杞憂に終わる。

だから私は、きみにさよならは言わない。

どうせまた会えるんだから、二人の関係はこれからも続くんだから。

そんな言葉はそもそも馬鹿げている。

「そう言えば、聞いたことある？」さっきまでの高揚が嘘みたいに、きみはいつも通りのトーンで言った。「ボリビアのウユニって街に、〈列車の墓場〉っていう廃墟があるんだよ。そこの写真撮ってきてくれない？」

「えー、どうせならウユニ塩湖の方がいい」

「ウユニエンコ？　何それ？」

「絶対そっちの方が有名だよ。知識偏ってるなあ……」

変なタイミングで、メリーゴーラウンドの電力が限界を迎えてしまった。

ふっと灯りが消え、私たちはまた暗闇に取り残される。

すぐに懐中電灯を点けて歩き出してもよかったけれど、私たちはその場に留まり続けた。華やかな光の群れが網膜に焼き付いているうちは、まだここから動きたくない。

暗闇に乗じて、私はきみをウユニ塩湖に連れ出す想像をする。

イケイケな大学生が卒業旅行先に選ぶような、ありきたりな観光地だ。

白い塩でできた広大な大地に、薄い水の膜が張られている。鏡みたいな水面には、抜けるような青空が丸ごと映り込んでいる。羊の形をした雲の群れ、上空を飛ぶ鳥たち、南半球の眩しい太陽——それらすべてが上下対称となった景色が、地平線の果てまで続いている。

ばしゃばしゃと水飛沫を立てながら、私はきみと水面に浮かぶ空を駆ける。

走り疲れたらその場に倒れ込んで、「来年もまた来ようね」と笑い合うのだ。

そのとき、きみはどんな顔をしているのだろう。

案外、全身びしょ濡れになって困った顔をしているのかもしれない。それとも疲れすぎて、笑う余裕すらなくなっているのかもしれない。

それはそれで楽しみだな、と私はこっそり笑った。

5

どうせこの夏は終わる

YU NOMIYA
& BINETSU
PRESENTS

弓木透

This summer will
end anyway

「どうせ、この夏は終わる」

——弓木透

1

エアコンの効きが悪い教室で、数学教師の森川が微分積分の例題を板書していた。

Sを縦に引き伸ばしたような謎の記号が登場した辺りでとっくに理解を放棄したので、数学の時間は俺にとってただの昼寝タイムだ。しかも、夏課外の前期は今日で終わり。明日からはお盆休みなので、気が抜けて爆睡してても文句を言われる筋合いはない。

とはいえ今日は二限の化学で睡眠を充分確保したため、どうにも寝つきがよくない。

仕方がないので、ひとまず趣味の時間に充てることに決めた。

フリクションのボールペンで、専用のノートの新しいページを埋めていく。

森川高史。男。数学教師。年齢はたぶん四〇代後半。目尻の皺とほうれい線が目立つせいで実年齢より老けた印象を受ける。さぞ苦労の多い人生を送ってきたんだろう。

小惑星〈メリダ〉の地球衝突が確実になってから、この海鳴高校も職員の退職ラッシュの舞台となった。生意気な高校生や面倒な保護者の相手をして、残業代も出ないのに毎日遅くまで学校に残って、そうまでして育てた教え子たちが数年後にはみんな死んでしまうというのだから、アホらしくなって辞めてしまうのは当然の話だ。俺が同じ立場でもそうする。それでも教壇に残った森川は、相当な物好きなんだろう。

ただ、この時代と情熱の相性はけっこう悪い。

薬指に嵌めていた指輪が、いつの間にかなくなっていることがそれを物語っている。世界のタイムリミットが迫っているのに仕事に没頭する夫に愛想を尽かして、奥さんが出て行ってしまったんだろう。よくあるケースだ。全世界的に、離婚率が史上最高の数字を叩き出しているというニュースをいつか見た。

日を追うごとに、チョークで数式を板書するときの音が強くなっているのも興味深い。やる気を見出せずにコソコソ話や睡眠で時間を潰している生徒たちへの怒り？　それとも意固地になったせいで妻を失った自分への怒り？　いやいや、世界が終わる瞬間まで教職に殉じるという使命感の発露かもしれない。どのパターンが一番しっくりくるだろう。

知りたい。もっと深く。

森川だけじゃない。これまで洞察してきた人たち全員分だ。彼ら彼女らの深層心理を覗いて、答え合わせをしたい。

――あなたたちは本当に、俺が思った通りの人間なんですか？

そんな心の声を無意識にノートに綴ってしまった辺りで、後ろの席の近藤が肩を叩いてきた。

「弓木、あとでノート見せてくんね？」

「はっ⁉」

慌てて趣味用のノートを閉じ、机の奥底に仕舞う。

こんなものを誰かに見られたら一巻の終わりだ。「人間観察」が、思春期男子の趣味として一番イタいものであることくらいさすがに知っている。

「は？　何慌ててんの？」

「別に慌ててねえよ。いきなり声かけられてビビっただけ」

「まあいいや、あとで見せろよ。真面目に授業受けてるのお前だけだし」

「……ただ落書きしてただけだよ」

「え、そうなの？」

「そうそう。他の奴に見せてもらえよ」

常に周囲を俯瞰して、面倒事はできるだけ回避して、かといって変に孤立することもないよう無難に立ち回ってきた努力を水の泡にはしたくない。

何かボロを出してしまう前に、俺は机に突っ伏して寝たふりを決め込んだ。

面倒な性格をしているな、と自分でも思う。

放課後、クラスの友人たちと学校近くのコンビニ前でたむろしながら、どうして自分がこんなに歪んでしまったのかを考えてみる。

周囲の人間を観察してノートに綴るようになった理由。

そのきっかけは三年くらい前――中学時代の失恋だ。

まだ天文学者のクラタ・リュウジが小惑星〈メリダ〉を観測する前の平和な時代、俺は同じクラスの田村という女の子に恋をしていた。

取り立てて可愛い子だったわけじゃない。いわゆる目立つグループにいたわけでもない。

ただ、笑ったときの表情がとにかく眩しかった。

目をきらきらと輝かせて、両頬に控えめなえくぼを作り、心から可笑しそうに笑うのだ。友人たちと精神年齢の低いバカ話をしながらも、俺は気付いたら彼女の横顔を目で追うようになっていた。

そんな田村に恋人がいると知ったのは、中二の秋のことだった。

色んな方面から聴こえてきた風の噂を統合すると、田村が付き合っていたのは同じクラスの遠山という美術部の男子。腕相撲をしたら帰宅部の俺でも圧勝できそうなくらい華奢で、いつも教室の隅の方で地味な男子たちと漫画やアニメについて話しているタイプ。明るい性格の田村と、いかにも陰気そうな遠山が仲良くしている構図が全く思い浮かばなかった。

だから俺は観察を始めた。

どうしてあの二人が付き合っているのか――それを知らないことには、喉の奥につっかえた小骨のような不快感が消えない気がした。

田村と遠山の一挙手一投足をじっと見つめ、何か気付きがあればノートにメモしていく。我ながら気色の悪い行動だと思うけど、多感な中学二年生が初めての失恋にぶち当たったらそのくらい倒錯してしまうのも無理はない。

一か月が経った頃には、朧げながら背景が見えてきた。

どうも、田村の妹が遠山のいる美術部に入部しているらしいのだ。

遠山は次期部長候補の筆頭と呼ばれるくらい絵が上手くて、田村は妹から評判をよく聞いていたようだ。それがきっかけで田村から話しかけ、二人は教室でたまに話すくらいの関係になった。

観察を始めてから気付いたのは、遠山が女子との会話に全く臆していないことだ。

運動部の目立つ男子たちのようにはガツガツしておらず、話しかけられたら返事をする程度。ただ、相手の目を見てしっかり話すという高等技術を会得している。

だからなのか、よく観察してみると遠山はクラスの男子たちの中でも女子と話す回数が圧倒的に多い。一週間の統計を取ってみたら、野球部の森やバレー部の真島の一・五倍近い数値を叩き出していた。

たぶん、遠山は場慣れしているのだ。

美術部に限らず、文化部は基本的に女子部員の割合が多い。そこで女子と関わるときのコツを会得したのだろう。きっと田村は、そんな遠山が醸し出す余裕を魅力に感じたのだと思う。

俺はそこで満足せず、視野を少し広げてみることにした。

観察対象をクラス全体にまで広げて、ノートの空白を埋めていったのだ。

毎日のように「彼女欲しい～」と連呼しているテニス部の菅谷のことを、学級委員長の白崎さんが一時間に六回くらい盗み見している。その白崎さんに熱っぽい視線を送る男子は那須と佐野の二人で、ソフトボール部の本多さんはそれを面白く思っていない。

七×九mの狭い空間には、夥しい数の矢印が飛び交っている。

それぞれ太さや色がバラバラで、本人が自覚していないため朧げにしか見えないものもある。

レイヤーを恋愛以外に切り替えると、さらに相関図は複雑になっていく。

ノートがページを重ねるごとに観察の解像度は増していき、いつしか俺は、クラスでこの先起きる人間関係のトラブルをある程度予測できるまでになっていた。

最初は失恋の腹いせで始めたはずの代償行為を、俺は高校生になった今でも手放せずにいる。

世界が終わる直前まで、俺はこの陰湿な趣味を続けるのだろう。

「……あ」

「どうした弓木？」

車止めに座ってカレー味のカップヌードルを啜っている近藤に、曖昧な笑みを返す。

「いや、ちょっと忘れ物」

「なに、携帯？」

「そんな感じ。みんな先に帰ってて」

ネットも使えない携帯なんて、最初から学校に持って来ていない。

教室に置き忘れたのは趣味用のノートだ。数学の授業中に近藤に話しかけられたとき、慌てて机の奥に突っ込んでいた。

　明日から一五日まではお盆休みだし、二年一組を部室として使っている文化部はない。だからまあリスクはないはずだけど、念のため取りに行った方がいいだろう。というより、あのノートは常に管理下に置いていないと落ち着かない。

　早歩きで灼熱の坂道を上り、靴を靴箱に仕舞うルールも無視して教室に戻る。

　何も考えずに扉を開けたその瞬間、俺は窮地に立たされることになった。

　三年の制服を着た女子生徒が、俺の机に腰を下ろしていたのだ。

　椅子を足置きにして、長い脚を窮屈そうに曲げながら、彼女は行儀悪く座っている。

「……それ」

　思わず声が出た。

　俺の存在に気付いた彼女が顔を上げる。窓から射し込む光に輪郭を縁取られて、長い黒髪の毛先一つ一つが輝いて見えた。

彼女の手には今、俺の最大の弱みが握られている。

「あ、ごめんごめん。うっかりノートに熱中してた」

「……どうして、三年生がこの教室に」

「映画の素材撮影に来てたのさ。放課後の誰もいない教室って、わりと使いやすいんだよね」

「……そうなんですか。じゃあ俺はこれで」

映画、という単語が少し引っかかったが、気にしてる余裕はない。

冷静に踵(きびす)を返そうとすると、その三年生は慌てて言った。

「ちょっと待ってよ。何かここに用があったんじゃないの?」

「いや、ただの勘違いでした」

「このノート、もしかしてきみが書いた?」

「……何ですかそれ? 初めて見ました」

「ははーん、図星だね〜」

俺は今、どんな顔をしているのだろう。

間違いなく動揺はしている。

当たり前だ。誰にも話していない秘密を知られてしまったんだから。

でも同時に、「会ったこともない上級生に知られたから何なんだ?」という冷静な思考もある。現実的に考えて、この人が俺のクラスメイトたちにノートの存在を拡散するとは思えない。

適当に煙に巻いておけば、一通り満足して返してくれるだろう。

ひとまず自分の机まで歩き、右手を差し出してみる。

「まあその、ただの暇潰しです。誰にも言わないでくださいよ」

「うーん、どうしよっかなあ～」

「意地悪な人ですね。初対面の後輩を破滅させたいんですか」

「きみの出方次第では、そうなっちゃうかも」

——くそ。面倒な人だな。

問答無用でノートを奪い取ろうとしたが、この三年生は思ったよりも力が強い。あまりにも不毛な綱引きが三〇秒ほど続く。これが漫画やアニメならノートが千切れるまで格闘するところだが、あいにく俺にはそこまでの熱量はない。

「……じゃあ、どうしたら返してくれますか？」

仕方なく交渉のテーブルに乗ってあげると、彼女は罠に獲物がかかったときの猟師みたいな表情になった。

「そういえば、まだ名乗ってなかったね」

「え？　まあそうですね」

「私は小林凜映。映画研究部の部長です」

名前を聞いてピンときた。

校内じゃけっこうな有名人だ。もちろん、変人として。

「……小林先輩、俺の質問に答えてくださいよ。どうしたらノート返してくれます？」

「私、きみの名前が知りたいな」

会話が噛み合わない人だな……。

世の中には変な人がいるんだなと達観しつつ、大人しく自己紹介をしてあげる。

「弓木透。海鳴高校二年一組。帰宅部。以上です」

「味気ないなあ～。もっと詳しく知りたいのに」

「初対面の人に個人情報教えたくないです」

「ふうん？　ずいぶん警戒されてるねえ」

「俺もそんなに暇じゃないんですよ。早くノート返してください」

「やだ。返さない」

「ガキですか。ぶん殴りますよ」

「弓木くんはそんなことする人じゃないよ」

「はあ……。何を根拠に言ってるんですか」

小林先輩は、俺から奪ったノートをひらひらさせながら笑った。

「だって、きみは人間が大好きだから」

「はあ？」

あまりにも的外れな指摘に、大きな声が出てしまう。

その性格の悪いノートを見て、どうしたらそんな感想が出てくるんだ。

「興味を持ってかなり観察しないと、ここまで詳しい考察は書けないよ。それもクラス全員分。教師にもけっこうページ割かれてるね～。いや、本当に素晴らしい。これは才能だよ」

「……何の才能ですか」

「映画監督の才能」

またしても意味不明なことを言いながら、小林先輩は机から下りてこちらへ歩き始めた。気付いたときにはもう、シャンプーの香りが鼻先をくすぐるくらいの距離まで接近を許してしまっている。

「弓木くん、映画研究部に入ってよ。私のアシスタントをやってほしい」

「……え、嫌ですけど」

「なんで？」

「いや、だっていきなりすぎるし、それに……」

「きみなら向いてると思うけどな～」

当然の反論をさらりと無視して、小林先輩はまた別の方向へ歩き始めた。整然と並んだ机や椅子の間をするすると抜けて、黒板の前で立ち止まる。

これは私の持論だけど——そう前置きしつつ、彼女は語り始めた。

「映画監督にはいくつかタイプがあってね。乱暴に分類すればだいたい三つ。まあ一流の監督は余裕で全部兼ね備えてたりするんだけど……」

白いチョークで、やけに綺麗な文字が黒板に綴られていく。

ストーリーと設定。

「一つ目は、ストーリーと設定を考えるのが得意な監督。有名どころだとクリストファー・ノーラン、デヴィッド・フィンチャー辺りかな。リドリー・スコットもそう。ＳＦとかサスペンスとかホラーとかを撮りたいなら、わりと必要な素質だね～」

「……気持ちよさそうに解説してるとこ悪いんですけど、俺映画なんてあんまり知らないですよ。ジブリかマーベル作品くらいしか観たことないです」

「ほう、お目が高い。マーベル作品もこのタイプの監督がアサインされることが多いよ。よく気付いたね弓木くん！」

「何も気付いてないです」

「ただ大雑把にバトルしてるように見えて、あれだけ大勢のキャラクターを管理するのって実は相当難しいんだよね～。〈アベンジャーズ／エンドゲーム〉のラストバトルとかさ、もう圧巻じゃない⁉　観客が混乱しないようにそれぞれの位置関係とか優勢・劣勢の状況をわかりやすく整理して、ちゃんと各キャラを平等に活躍させて、一連のバトルの中でもチャプターを分けて展開の起伏をしっかり作って……。うわ、考えただけで胃が痛くなるよ。監督のルッソ兄弟って、パズルゲームとかめちゃくちゃ強いんだろうね」

「会話成立させる気あります？」

「そんで二つ目が、映像を魅せるのが得意な監督。このタイプの有名監督は何といってもウェス・アンダーソンだね！　そうそう、日本の映画監督にもこういう人けっこう多いよ。几帳面な国民性のおかげかな？」

「……へえ、すごいですね」

長くなりそうなので、近くにあった椅子に座ることにする。

小林先輩がどんな人なのかはまだよくわからないけど、少なくとも厄介なタイプのオタクであることだけは一目瞭然だ。

「そんで三つ目。弓木くんも属してるカテゴリだよ」

「勝手に属させないでください」

「いんや、きみは間違いなく――人間を撮るのが得意なタイプだね」

そう言われても全くピンとこない。

俺は唯一の趣味が人間観察というつまらない高校生で、創作活動とは全くの無縁だ。生まれてこの方映画なんて撮ったことがないし、スマホのカメラ機能すら持て余している。

それでも、小林先輩の瞳は揺るがなかった。

この人は、本気で、俺に映画監督の才能があると信じているのだ。

「役者の魅力を最大限に引き出すには、人間という存在そのものが大好きじゃなきゃいけない。美醜も善悪も幸も不幸もひっくるめて、全部を丸ごと面白がれる才能が必要なんだ。これぱっかりはね、どれだけ理論を勉強しても、どれだけ第一線の環境で経験を積んでも、滅多に身につかない資質なんだよ……！」

小林先輩は、俺が反論の文句を考える隙すら与えてくれない。

チョークの粉で汚れた手をぱんぱんと叩きながら、また俺の前まで戻ってくる。

「本当はさ、もっと知りたいんでしょ？　外から観察してるだけじゃどうしても確かめようがない、人間の感情の奥の奥の奥を視たいんでしょ？　それを言語化してもっともっと深く理解したいんでしょ？　この狭い教室の中だけじゃもう満足できないんでしょ？」

「それは……」

「だったら私についてきなよ。一緒に、人類最後になるかもしれない映画を撮ろう」

映画が完成したらノートは返してあげると、彼女は悪魔みたいな顔で笑った。

2

ほぼ強制的に連行された映画研究部の部室は、ずいぶん小ぢんまりしていた。

俺の家の浴室くらい小さな面積に、デスクトップパソコンが置かれた机が一台と、撮影機材やDVDディスクが詰め込まれたラックが窮屈そうに鎮座しているだけ。たぶん、もう使われなくなった倉庫を無理やり改装しているんだろう。

「……こんな狭くて、部室として成立するんですか?」

「大丈夫。今、部員私しかいないし」

「マジですか」

ますます不安になってきた。

もちろんそんなことは絶対にあってはならないし、どんな手段を使ってでもノートを回収して逃げ出したいところだけど——もし仮に、万が一、俺がこのまま映画研究部に入部することになってしまったとしよう。

もしそうなったら、俺の日常はどうなってしまうのか。

ぱっと見ただけなら可愛らしい女子高生のようだけど、小林先輩の本性は紛うことなき変態だ。部員が一人しかいない現状を鑑みると、クラスでも相当浮いていることが窺い知れる。

そんな謎の先輩と二人きり、謎の映画制作に勤しむ——駄目だ。

周りからどんな目で見られるかわかったもんじゃない。

今まで、必死に本性を隠してクラスに溶け込んできたのだ。もうすぐ世界が終わるというのに、今から変態の世界に飛び込むなんて冗談じゃない。

「じゃ、行こっか弓木くん」

「やった、もう部活終わりですか？」

「嬉しそうな顔してるとこ悪いけど、違うよ。ここには鍵をかけに来ただけ」

俺の背中を押して部室から追い出したあと、小林先輩は鍵を指先で弄びながら言った。

「今からきみには、私の家で合宿をしてもらいます」


俺は昔から、合宿というものが大嫌いだ。

ただでさえ集団行動があまり好きじゃないのに、閉鎖空間に閉じ込められて延々と何かの練習をさせられるなんて地獄と同義だ。中学時代には、サッカー部の合宿があまりにもきつ過ぎて、二年生になる前に退部届を顧問に突き付けたという実績もある。

まして、入る気もない謎の部活の合宿に参加するなんて意味不明すぎる。「早く帰りたい」以外の感情がまるで浮かんでこなかった。

八月の熱気で体力を根こそぎ奪われながら、思案橋の繁華街を奥へ奥へと進む。

小林先輩は路面電車を降りてすぐのコンビニで棒アイスを奢ってくれたけれど、それくらいで理不尽な行為が許されるわけがない。

人質に取られたノートはスクールバッグの中。奪い返すチャンスを窺いながら付いてきたら、いつの間にかこんな場所に迷い込んでしまった。

「早く帰りたそうな顔をしてるね、弓木くん」

「……読心術でも使えるんですか？　その通り早く帰りたいです」

「そろそろ素直になりなよ」

「俺はずっと素直ですよ」

「またまた～」

会話は相変わらず嚙み合わないし、小林先輩はアイスを齧りながら軽快に笑っている。

どうやら説得しても無意味だと気付いたときには、もう目的地に辿り着いていた。

繁華街の外れの外れにある、怪しい雰囲気満載の雑居ビル。一階はいかがわしい雰囲気のバーになっており、この時間はまだ「準備中」の札が出ている。二階から四階までは特に看板もない。ヤクザのフロント企業でも入っているのだろうか。

「……先輩、ほんとにここに住んでるんですか？」

「失礼な。ちゃんと住居兼店舗になってるよ」

わざとらしく頰を膨らませながら、小林先輩がビルの入り口付近に設置された案内板を指さした。人差し指の先を目で追うと、『3F　コバヤシ映画堂』という文字が目に入る。

「映画堂？　どんな業態ですかそれ」

「行けばわかるよ」

心配になるくらい遅いエレベーターに運ばれて、三階に到着する。

店舗があるはずの場所で出迎えてくれたのは、古そうな映画のポスターがいくつか貼られた煉瓦の壁だった。

　まさかの展開に戸惑っていると、小林先輩が壁に手を置いて悪戯っぽく笑った。

「ここ、隠し扉になってるんだ。〈キングスマン〉みたいでワクワクしない？」

「いちいち映画で喩えないでください。俺知らないんで」

「大丈夫。これからわかるようにしてあげるから」

　何やら不穏なことを呟いて、先輩は隠し扉を最後まで開いた。

　天井近い高さの棚に囲まれた、窮屈な店内が露わになる。棚に収められているのは映画のDVDやブルーレイ。ネットが規制されてから急に息を吹き返してきた、レンタルビデオ店と似たような雰囲気だ。

「いらっしゃい。客が来るなんて珍しいな……って、凛映？」

「ただいま、お父さん」

　店の奥から出てきた髭面の店主に、一応頭を下げる。

　この人が小林先輩の父親なのか。

　あんたのところの教育方針はどうなってるんですかと問い詰めてやりたい。おたくのお子さん、可愛い後輩を脅迫して、何やら意味不明な合宿を敢行しようとしてますよ！

「……凛映、そちらの子は？」

「映画研究部の新メンバー。副部長をやってもらうことになったんだ」

「ほう、いいね。よろしくな、えーと……」

「弓木透くん」

「──ちょっと、なに猛スピードで話進めてるんですか！」

きょとんとした顔でこちらを見つめてくる親子に、中指を立てたくなる衝動に駆られる。

だが慎重にならないといけない。少しでもこの人の機嫌を損ねたら、あのノートが学校中に拡散されてしまうのだ。

ただの脅しじゃない。間違いなくこの人はやる。

たった数時間の付き合いだが、それだけは確信できる。

「さ、弓木くんはこっち！」

小林先輩は俺の腕を摑んで、店の奥へと無理やり誘導してきた。

知らない洋画や邦画が所狭しと並ぶ棚の間を縫って、レジカウンターの横にある扉へ。ドアノブを回して辿り着いたのは、スクリーンの前にパイプ椅子が一〇脚くらい並べられたシンプルな空間だった。

「……映画館？」

「その通り。勘が鋭いね弓木くん」

「……ここで、俺に何をさせるつもりですか」

「なに言ってんの。映画館でやることなんて一つしかないよ」

映画を観るんだよ、と小林先輩は自慢げに言い放った。

「確かに、きみには資質がある。でもね、いい映画を撮るにはいい映画をいっぱい観なきゃいけないの。牛が牧草を食べないとミルクを出せないようにね」

「俺を牛に喩えないでください」

「大丈夫！　監督は私がやるし、きみは最低限のサポートをやってくればいいから！　でもやっぱり、アシスタントをするにもある程度の映画知識は必要なんだよね」

「だから、俺は映画を撮るなんて一言も……」

「いいや、撮るよ。どうせきみは、撮らなきゃ気が済まない人だから」

がしっと、小林先輩が俺の両手を掴んできた。

どこまでも澄んだ瞳の、奥の方で何かが燃えている。

よく考えるとそれは、シアタールームの照明が眼球に反射しているだけなのかもしれない。

それでも一瞬だけ、小林先輩の生命力が恒星のごとく煌めいているように見えた。

——反則だ。

こんな、どうしようもない説得力を放つ瞳で見つめられたら、中途半端な言い訳なんて即座に消し飛んでしまう。

否応もなく、そう思わされてしまった。

「……一本だけですよ」

「お？」

「一本だけ観たら帰りますからね！」

「おっけいおっけい。交渉成立だね。適当な席に座って待ってて〜」

悪いことを企んでいるような笑みを一瞬見せたあと、小林先輩は店の方へと歩いていった。

たぶん、俺に観せる映画を探すつもりなんだろう。

あんまり待たされたら面倒だな、と思っていたが、彼女は一分もしないうちに戻ってきた。

相変わらず悪戯めいた表情で、俺の隣のパイプ椅子に腰を下ろす。

「どんな映画観るんですか？」

「内緒。でもきっと、気に入ってくれると思うよ」

なぜか自信満々に告げる彼女を見て、不覚にも期待感が芽生えてしまった。

それを誤魔化すために何か皮肉を言おうとした瞬間、シアタールームの照明が落とされた。

後ろの方にある映写機が起動し、正面のスクリーンに映像が投影される。恐らく、彼女のお父さんが操作してくれているのだろう。

そうして始まった映画は、俺でも存在を知っているくらいには有名な作品だった。

〈ワンス・アポン・ア・タイム・イン・ハリウッド〉。

六〇年代のハリウッドを舞台に、時代の流れに取り残された映画俳優のリックと、親友でスタントマンのクリフが繰り広げる物語。

俺が今まで観てきた数少ない映画とは違って、ストーリーには起伏のようなものがほとんどない。主役の二人が、うだつの上がらない日常をただ過ごすだけだ。西部劇の悪役を演じることになったリックが自業自得な理由で苦戦したり、クリフがトレーラーハウスで愛犬と食事をしたり、屋根のアンテナの修理をしたり。映画の中盤でクリフがカルト教団のアジトに乗り込む展開があるけれど、そこでもやっぱり何も起こらない。起承転結の「承」だけを延々観せられているような気分だ。

それなのに、俺は夢中で画面に食らいついていた。

何というか、主役の二人が画面に出ているだけで楽しいのだ。

繊細で不器用なリックが次にどんなミスを犯すのかハラハラするし、大戦の英雄であるクリフのハードボイルドな言動はいちいち格好いい。

この二人の会話をずっと聴いていたい。この二人の人生をずっと追いかけていたい。

もっと深く、この二人の内側を知りたい。

そう思っているうちに、二時間半はあっという間に過ぎ去ってしまった。

「――くん。弓木くん？　もう映画終わったよ」

「……ああ、そうですね」

「ふふ」小林先輩は性格の悪い顔で笑った。「もしかして放心状態？」

正直、認めたくはなかった。

だいたい、俺は人から勧められたものを素直に観るようなタイプじゃないのだ。心地よい疲労感と充足感で力が抜けてしまっているなんて、絶対に俺らしい反応じゃない。

「弓木くん。この映画を観てどう思った？」

小林先輩が試すような視線を向けてくる。

その瞳にはかなりの濃度で期待が込められているけれど、あいにく俺には映画の知識なんてほとんどない。役者の演技も、シナリオの出来も、映像の良し悪しもよくわからない。

だから、思ったままのことを伝えることしかできない。

「……もっと長く観ていたいな、と思いました」

「ほう、それはどうして？」

「主役の二人が魅力的だったから、ですかね？」

「うんうん。ストーリーの起伏なんてどうでもいいから、この二人をずっと観ていたいと思える映画だよね」

「……この監督は、先輩が言う『人間を撮るのが得意なタイプ』なんですか？」

「そうだよ。まあ、タランティーノの強みはそれだけじゃないけどね～」

「へぇ」

「え、テンション上がらない？　きみ、タランティーノと同じタイプの監督になれるかもしれないんだよ？」

「だって知らない人ですもん。誰ですかそれ」

「うそ！　だってほら、〈パルプ・フィクション〉とか〈キル・ビル〉とか知らない？」

「あ、〈キル・ビル〉は聞いたことあるかも」

「……やっぱり、きみにはもっと教育が必要だね～」

溜め息混じりに呟いたあと、小林先輩はおもむろに立ち上がった。

「最初にこの映画を観てもらったのにはね、もう一つ理由があるんだ」

「なんですか？」

「タランティーノは、大真面目に映画で世界を救おうとしてる監督だから」

「……はあ？　大袈裟すぎません？」

「今観てもらった映画の終盤さ、唐突にカルト教団との戦闘が始まってびっくりしなかった？」

「たしかに……。あれ、どういう意味なんですか？」

「リックの隣家に住んでたヒロイン――シャロン・テートって女優さ、実は本当にいた人物なんだよね。家にいたところをマンソンファミリーとかいうカルト教団に襲撃されて、二六歳の若さで命を落としちゃった。

だからタランティーノは、フィクションの力でその史実を捻じ曲げてみせたんだ」

「史実を捻じ曲げる……」

「他の映画でも似たようなことをやってるよ。〈イングロリアス・バスターズ〉ではヒトラーに心底マヌケな最期を突き付けたし、〈ジャンゴ　繋がれざる者〉では黒人奴隷を西部劇のスターに仕立て上げた。本当の歴史では叶えられなかったハッピーエンドを、心が昂る壮大なカタルシスを、史実を捻じ曲げてでも映画の中で作り上げる――そんな開き直り方が、私は狂おしいほど大好き」

　私たちが目指すべきはそこだよ、と彼女は続ける。

「今、地球には直径一・二kmの小惑星が迫ってる。つまり――私たちがこれから撮るのは、もしかしたら人類最後の映画になるかもしれないんだ。もし一二月の国連軍の作戦が失敗したら、みんなもう映画どころじゃなくなるだろうしさ」

「……まあ、そりゃそうですよね」

「だからさ。私も、世界を救う映画を撮りたいんだよ。現実を捻じ曲げてでも、絶望なんか取るに足りないことだってみんなに伝えなきゃいけない。この世界の素晴らしさを、美しさを、希望に満ちたきらめきを、観客の鼓膜と眼球に突き付けなきゃいけない。その奥にある心にまで響かせなきゃいけない。……だからきみには、この映画を最初に観てもらいたかったんだ」

　正直、小林先輩が言っていることはよくわからない。

映画で世界を救うなんて大言壮語もいいところ。タランティーノとかいう監督だって、そこまで大それたことは考えてないんじゃないか？

だけど、彼女の熱量は本物だ。

この人は本気で、映画で世界を救おうとしている。

そんな荒唐無稽な夢に、俺を引き摺り込もうとしている。

「で、どうする？　やっぱやめとく？」

「……今更、そんな選択肢があるんですか？」

「だって、冷静に考えたらさ。残り少ないかもしれない人生をどう過ごすのかなんて、他人の私に強制できるわけないよね。もし他にやりたいことがあるなら、そっちを優先させた方がいいに決まってる。ノートも無条件で返してあげるよ」

「……人が悪いですね、先輩も」

「どういう意味かな？」

「最初からそれが狙いでしょう。ここに連れてきて映画を観せてしまえばもう……俺を勧誘できると確信していたんですよね？」

「さあ、それはどうかな～」

「はあ……しょうがないですね。いいですよ、手伝ってあげますよ」

「え、本当にいいの？」

「なんで急に不安がってるんですか」

いいから次の映画を観せてくださいと、俺は込み上げる笑みを必死に堪えながら言った。

結局俺は、オファーを受けた本当の理由を言わなかった。

作品を観て確かに感動したけれど、映画作りへの参加を決めた動機は別にある。

——この人のことを、もっと知りたい。

映画が大好きで、明るいわりにはコミュニケーションが下手で、突拍子のない言動で俺を振り回すけれど、なにか得体の知れない可能性を内に秘めたこの変態のことを、一番近くで観察したい。洞察したい。そして理解したい。

このあとコンビニで新しいノートを買おうと密かに決意しているうちに、小林先輩は次の映画を探しに店内へと戻っていった。

3

睡眠不足で重くなった思考をぶら下げて、学校に続く坂道を上っていく。

お盆休みに入ってから毎日、俺は映画合宿に強制参加させられていた。これまで撮影した映像を小林先輩が編集している間、彼女の父親が厳選した作品を大量に摂取するという流れ。

どの映画も確かに面白かったけど、毎日五作品となるとさすがに疲れる。昨日に至ってはタランティーノ特集を勝手に組んで、今日の明け方までひたすら連続上映だ。もはや拷問に近い。

ようやく帰宅が許可されたと思ったら、いきなり本日の集合時間を告げられたのだ。せっかくのお盆休みなのに、なんと朝八時集合。これで心が折れない方がおかしい。結局、シャワーを浴びたあと一時間だけ仮眠を取ることしかできなかった。

俺と同じタイムスケジュールで動いているはずなのに、学校最寄りのコンビニで合流した小林先輩は目をキラキラと輝かせていた。

「……なんでそんなピンピンしてるんですか。変な薬でもキメてます？」

「今から映画を撮るんだよ？　眠気なんて吹き飛ぶに決まってるじゃん」

「俺はそんな特異体質じゃないです」

「きみもじきにそうなるよ」

「……怖いこと言わないでくださいよ」

俺と話している最中も、小林先輩はカメラで周囲の風景を撮影し続けている。

映画のどこかに挿入するかもしれない映像素材を大量に撮り溜めているらしい。

「……そういえば、大事なこと訊き忘れてました」

「意外とうっかりしてるねえ、弓木くんは」

「じゃあもういいです」

「ごめんごめん！　茶化さないから、何でも訊いてごらん？」

俺はコンビニで買った麦茶で口を潤した。

「……先輩。そもそも俺、どんな映画を撮るのか聞かされてませんよ」

詳しくは知らないが、映画を撮るなら絵コンテとか脚本とかが必要になるはずだ。いくらアシスタントとはいえ、そういった資料に目を通しておかなくていいのだろうか。

当然の疑問だったはずだけど、小林先輩は「大丈夫だって」と楽観的に笑った。

「今回撮る映画はドキュメンタリーだよ。私の身の回りにいる人たちにインタビューしたり、密着したりするのが基本。だから脚本も絵コンテもない。もう半分くらいは撮り終わってるけど、正直まだどんな映画になるのか私にも読めてないんだ」

「ええ……」

「ふふん、不安になった？」

小林先輩はこの前、世界を救うような映画を撮りたいと言った。

現実を捻じ曲げてでも、世界のきらめきを観客に伝えたいのだと。

それなのに現実をそのまま撮ってどうする——素人の俺から見ても矛盾しているように思える。

「……最初は、ただのオーディションのつもりだったんだけどね」

住宅街の切れ間に見える海にカメラを向けたまま、小林先輩は続ける。

「元々は全く別の青春映画を撮ろうと考えてた。でも学生の自主制作映画だから予算もないし、私の周りの人たちに演じてもらうことにしたんだ。

だから、ひとまず友達を集めて色々と質問してたんだけどさ、みんなに話を聞いてるうちに『あれ？　この映画、ストーリーなんかいらなくない？』って思っちゃったんだよね。この人たちの日常を追いかけるだけで最高に面白い映画になるじゃん、って」

「どうしてそう思ったんですか？」

「タランティーノと同じ理由だよ。みんなが、被写体としてあまりにも魅力的だったから」

本当だろうか、と疑いたくなる。

タランティーノが〈ワンス・アポン・ア・タイム・イン・ハリウッド〉で物語性を重視しない方向に舵（かじ）を切ったのは、レオナルド・ディカプリオとブラッド・ピットという世界的スーパースターの存在があったからだ。

長崎なんて田舎町に住む普通の高校生に、彼らのような凄（すご）みを出せるとは思えない。

「『人は誰でも自分の人生の主人公だ』みたいな安っぽい言葉、あるじゃん」

「ああ、俺も嫌いです。そういう、無茶なくらいポジティブな格言」

「私もつい最近までそう思ってた。そもそも主人公になりたい人なんて一握りだし、劇的な物語なんていらないから平穏に過ごしたいって人が大多数だよ」

「つい最近まで？　じゃあ今は違うんですか？」

「今という時代はね、弓木（ゆみき）くん。誰もが主人公になってしまうんだよ。本人が望むと望まざるにかかわらず」

「なんですか、それ」

「きみにもいずれわかるよ」

意味がよくわからない言葉を咀嚼し終わる前に、俺たちは校門の前に辿り着いた。

中学の頃、夏休みの学校は運動部の掛け声や吹奏楽部の演奏で騒がしかった。それが今は、真面目に活動している部活はほとんどない。物好きな生徒がちらほらと見える程度で、校舎もグラウンドも静寂に包まれている。

まるで、世界から青春という概念が駆逐されてしまったかのようだ。

俺ですら物悲しい気持ちになっているのに、小林先輩はまるで意に介していない。スキップでもしそうな勢いで、彼女は学校の敷地をずんずん進んでいく。

「菅谷圭一。海鳴高校二年四組。文芸部に所属しています」

制服のネクタイをきちっと締めた同級生が、カメラの前で背筋を伸ばして座っている。

漫画や小説で溢れかえった文芸部の部室に、ヘラヘラした態度の菅谷はそれほど似合っていない。こいつとは中学で一年間だけ同じクラスだったので知っているけれど、とても創作活動に明け暮れるようなタイプだとは思えない。

たぶん、電気代が高騰して贅沢品になったエアコンの冷気を浴びるために文芸部に通っているんだろう。

きっとそうだ。そういう奴、わりと多いし。

決して消えない皺が所々に寄った革張りのソファに座り、菅谷はさっきからずっと前髪の分け方を気にしている。土曜日の早朝のインタビューに応じてくれたあたり、どうやら映画への出演に気合いを入れてくれてはいるらしい。

俺は三脚に取り付けたカメラの後ろに立って、小林先輩が最初の質問を投げかけるのを待った。

「菅谷くんはさ、どうして文芸部に入ったの？　もうすぐ夏が終わる、今になって」

「……うーん、どうだろう。ちょっと言語化してみますね」

菅谷は両手を前で組んで、少し前のめりになった。テレビのインタビューに答える俳優みたいなポーズだ。

こいつ絶対、前日に鏡の前で練習してたな。

「なんというか、急に文学に目覚めちゃったんですよね……。太宰？　芥川？　よくわかんないけど、そういう文豪たちが俺を呼んでるっていうか」

「へえ、じゃあ菅谷くんも小説書いたりするんだ」

「ええ。今は構想段階ですけどね」

「どんな話にする予定なの？」

「それも構想中です」

あまりにも薄っぺらい回答に頭を抱えそうになるが、肝心の小林先輩は楽しそうだった。映画出演に舞い上がってイキリ散らかしている菅谷は、それはそれで面白い被写体なのかもしれない。

「実はさ、私、菅谷くんのお姉ちゃんと仲いいんだよね。菅谷愛花。あの子、普段家ではどんな感じなの？」

「……ごめんなさい、その話は」

「えー、答えてよ」

「『余計なこと喋ったら殺す』って言われてるんで……」

年子の姉弟のパワーバランスが垣間見えたところで、部室に知らない男子生徒が入ってきた。

俺たちに軽く会釈だけして、彼は窓際に置かれた机へと向かう。

けっこうな人見知りだ。だけど、あまりビクビクしている感じはしない。自分の中に確固たる世界を持っていて、そこでしっかり自信を獲得しているタイプの文科系男子。俺の初恋相手を奪っていった美術部の遠山に少し似ている。

案の定と言うべきか、小林先輩の興味はすぐにそちらに移った。

目を輝かせた彼女は、うまく菅谷を丸め込んだあと、三脚から外したカメラを持ってその男子部員に近付いていった。

「初めまして！　小林って言います。いま私、身の回りにいる人たちのドキュメンタリー映画を撮ってます」

「あ、はい」

「今から小説書くんだよね？　もしよかったら、その様子を撮影させてほしいんだ。絶対に邪魔はしないから。お願い！」

「まあ、いいですけど……」

「ありがとう！　あ、きみのお名前は？」

「……初瀬です」

初瀬と名乗った文科系男子は、菅谷とは違って本当に小説を書いているらしい。

机の上のデスクトップPCを立ち上げて、彼はびっしりと文字が詰め込まれたワードファイルを開いた。

最初のうちは戸惑い気味だったけれど、初瀬はわりとすぐにカメラの存在を忘れ、傍から見てもわかるくらいに深い集中状態に入った。心地よいリズムを刻みながらキーボードを叩き、俺の知らない物語を一気に紡いでいく。

小林先輩は、その様子をむしゃぶりつくように撮影し続けた。

液晶画面で次々と紡がれていく台詞や描写の数々。真剣な顔で画面を見つめる初瀬の瞳。猫背でPCに食らいつく後ろ姿。生き物のように目まぐるしく動く指先。本棚に詰め込まれた雑多なジャンルの小説たち。机の上に積み上げられた付箋まみれの参考資料。刻一刻と寿命が近付く蛍光灯。窓の外から聴こえる蟬の鳴き声。

小林先輩が構えるカメラが、小さな世界を綺麗に切り取っていく。

実際に映画の形になったとき、今撮っている映像はどんな風に使われるんだろう。知識も技術も乏しい俺にはまるでわからない。

だが、そんな専門的なことはこの映画オタクに任せておけばいい。

俺が睡眠時間を削ってまで小林先輩に協力しているのは、ただ知りたいからだ。

望むと望まざるとにかかわらず、誰もが自動的に主人公になってしまう時代——彼女がそう語った真意を、俺なりに理解したいからだ。

キリのいいところで執筆を中断し、背中を伸ばす初瀬に小林先輩が問いかけた。

「どうしてきみは、そんなに夢中で小説を書いてるの？　もうすぐ世界が終わっちゃうかもしれないのに、他のどれでもなく、小説を書くことを選んだの？」

少し考えて、初瀬はキーボードに指を戻しながら答えた。

「どうしても、この物語を届けなきゃいけない人がいるんです」

＊

「どうだった？」

文芸部の部室を出てすぐ、小林先輩が悪戯めいた顔で尋ねてきた。

土曜日の午前九時半。そろそろ、暇を持て余した生徒たちが部室棟に集まってくる時間だ。

廊下を歩いてくる一年生に三脚が当たらないよう両手で抱えつつ、どうにか考えをまとめてみる。

「……なんか、面白かったですね。初瀬はただ小説を書いてるだけなのに、ずっと見ていられる気がしました。なんでなのかはわかんないですけど」

「それはたぶん、初瀬くんの中にきらめきがあったからだよ」

「きらめき、ですか」

「うん。私が思うに、それこそが映画の主人公を務めるに足る唯一の条件なんだ」

きらめき——要するに、それはどんな概念なんだろう。

きらきらしていること？　今を全力で生きていること？　没頭する何かがあること？　叶えたい夢や目標があること？

いや、どれもしっくりこない。

俺が今まで観た映画の中には、どう考えてもきらめきという言葉の響きとは無縁な主人公たちがいた。人生に絶望し、夢も希望もなく日々を浪費しているだけの男や、恐ろしい怪物や殺人鬼から必死に逃げなければいけない女たち。

じゃあ彼らは主人公にふさわしくないのか？

いや——絶望や恐怖の中にいる主人公を描いた映画も、確かに面白かった。これだけ雑食な小林先輩が、そういう映画を評価しないことなんてありえない。

俺の洞察はまだ浅いのだろうか？

というか、考えをまとめるための材料が足りない気がする。

そんなことをぼんやりと考えている俺を尻目に、小林先輩はダルそうに廊下を歩く部活生たちを夢中で撮影していた。

「弓木くん。カメラは、映画監督にとってどういう存在だと思う？」

「ずいぶん抽象的な質問ですね」

「クリエイターっぽい会話でテンション上がらない？」

「別に、俺クリエイターになったつもりないですし」

ノリが悪いなあ、と笑いながらも、小林先輩はまだ廊下の風景を撮り続けている。

概念の因数分解はまだできていないけれど、なんとなく、彼女にこそきらめきという言葉が似合っているような気がした。

「ほら、答えてよ。アイス奢ってあげるから」

「……うーん。まあ普通に、『人や風景をより魅力的に撮るツール』じゃないですか？　ただ綺麗に映すだけなら、わざわざそんな高そうなカメラを使う必要もなさそうだし。あとアイスはハーゲンダッツ抹茶味がいいです」

「いい視点だね。単純な画質だけなら、どうしたってカメラは肉眼には敵わない。あとハーゲンダッツは予算オーバーだよ。ブラックモンブラン辺りにしときなさい」

　彼女がカメラをこちらに向ける。

　昔からホームビデオの類が嫌いだった俺は、反射的に顔を背けてしまう。

「……カメラは景色を切り取るだけの機械じゃない。かといって、物語に脚色を加えるためのツールでもない。本質は別にあるんだ」

「何ですか、その『本質』っていうのは」

「魔法だよ」

「はあ？」

「カメラは、世界のきらめきを映し出す魔法なんだ。そう信じて、私はいつもファインダーを覗き込んでる」

「だから、そのきらめきってやつの正体を教えてくださいよ」

「私ときみの導く答えは違うかもしれない。だからきみ自身が探し出すしかないんだ」

俺にはよくわからないことを言いながら、小林先輩は不敵に笑う。

さっき、カメラを回しながら初瀬に答えさせていた問いを、この人にこそぶつけてみたい。

——どうせ世界は終わるのに、どうしてあなたは映画を撮っているんですか？

だって、見返りなんて何一つないのだ。

一二月に始動する国連軍の作戦が失敗したら、もう人類は映画なんかに構っていられなくなる。ハリウッドもボリウッドも機能不全。どれだけ素晴らしい作品ができたとしても、それを発表する場がない以上、小林先輩はプロの映画監督にはなれない。

それでも、この人は映画を撮っている。

心から楽しそうに笑いながら、きらめきとやらに向き合い続けている。

その原動力は、いったいどこにあるのだろう。

正体不明のエンジンの中に、彼女の言うきらめきが埋まっているのだろうか。

「……絶対に、解き明かしてみせますからね」

「ん？　何の話？」

「こっちの話です」

少しだけ重みを増した三脚を背負い直し、俺は彼女の背中を追いかけた。

4

白金色の髪を虚空に躍らせて、女子高生が拳銃をぶっ放している。

路面電車の電停近くにある寂れたゲームセンターの一角は、ちょっとした戦場になっていた。銃声が連続して響き、画面の中にいるゾンビの頭が弾け飛ぶ。冷房の効きが悪いせいで額に浮かんだ汗の粒を素早く拭い、少女はまた銃撃を続ける。

その様子を八ミリカメラで追いかける小林先輩もまた、かつてないほど躍動していた。少女の邪魔にならないように、それでいて銃撃戦の迫力を最も効果的に伝えられる位置を探して、ちょこまかと動き回っている。

少女の友人たちと一緒に後ろで待機しつつ、俺はこっそりと予備のカメラを回した。なんだか、この二人が濃密なアクションシーンを演じているように見えたのだ。

「いやぁ……。やっぱり有栖って人間やめてるわ」

棒付きのキャンディを咥えながら、菅谷愛花が呟いた。

先日取材した菅谷圭一の姉で、今ゾンビを大量虐殺している浮橋有栖や、小林先輩の友人。以前インタビューした映像を見せてもらった感じ、どことなく俺と似たようなタイプに思える。

要するに、この人もけっこうひねくれているのだ。

なんとなく俺の役目のような気がして、予備のカメラを菅谷（姉）に向ける。

「浮橋さんって、昔からあんなゲーマーなんですか？」

「んー、いつからだろ。沙希わかる？」

「わかんない～」と山本沙希が退屈そうに答える。

「倉田さんはわかりますか？」

「いえ、わからないです」

「あー、美星は最近転校してきたばっかだから。その頃にはもう有栖はああなってたよ」

最近転校してきた、という菅谷（姉）の発言に思わず食指が動いた。

深掘りしてみたくなったが、どうにか思い止まる。

倉田美星にはついさっきインタビューを断られたばかりなのだ。何かしら深い事情がありそうだけど、嫌がっている相手を無理やり出演させるのは小林先輩の主義に反する。

——取材は本質的に暴力なんだよ。それだけは絶対に忘れちゃいけない。

何度も聞かされた忠告を脳内で反芻しつつ、別の質問を考える。

「皆さんは一緒にゲームしないんですか？」

「だって、あんな化け物についていけると思う？」

「はは、そうですよね」

菅谷（姉）が醒めた感じで否定するのは想定内。

本当に訊きたいのはここから先だ。

「ちなみに、皆さんが今一番幸せを感じる瞬間って何ですか？」

幸せ、ねえ……と困ったような反応をする萱谷(姉)の目を見つめて、さらに畳みかける。

「たとえば俺は、こうして皆さんの話を聞いているときが一番幸せです。目の前の相手が何を思っているのか、どんな価値観で生きているのかを知ることで、自分自身を見つめ直すきっかけになる気がするんです。もしかしたら、俺はそのために小林先輩の映画作りを手伝ってるのかもしれない。……皆さんにとっての、そういうものを教えてほしいんです」

どこまでが本心なのか、自分でもよくわからない。

今進んでいる方向が、小林先輩の言うきらめきの正体を解き明かすためにふさわしいのかもわからない。そもそも、抽象的すぎる質問だし。

それでも、萱谷(姉)は正面から質問に答えてくれた。

「幸せって言うと少し大袈裟だけど、星を見るのは好きかな」

「星、ですか」

「そう。伊王島にさ、星がすごく綺麗に見えるスポットがあるんだよね。美星が教えてくれたんだけど、そこに今度みんなで行くの。原付持ってるのはわたしと美星だけだから、有栖のママに車運転してもらって」

「今度、その様子を撮影してもいいですか？」

「いいよ。てか凛映も連れてきなよ。この前誘ったのに、映画で忙しいとか言って断ってくるからさ」

「なになに、何の話〜？」

「弓木くん、取材相手を口説くなんてご法度だよ」

いつの間にかゾンビとの死闘が終わったのか、浮橋有栖と小林先輩が合流してきた。

二人してやけにテンションが高い。おまけに汗だくで、息が乱れている。小林先輩に至っては、よっぽど暑いのか襟元のボタンを一つ外していた。

なんとなく直視するのが後ろめたくなって、俺は一歩後ずさりする。

「次の取材を交渉してただけですよ。口説くわけないじゃないですか」

「何この子、照れてる！　可愛いんだけど！」と浮橋有栖。

「……もう帰ります」

「やめたげて有栖！　弓木くんって、ギャングのボスくらいイジられ耐性ないから！」

「小林先輩が面白がってるのも不快なので帰ります」

「ええー!?　ごめんって！」

ここで舐められると今後に影響するので、本当に帰り支度をすることにした。

結局使わなかった三脚を畳んで袋に入れ、予備のカメラをケースに仕舞う。

しかし小林先輩は、俺が怒っているポーズを取っているだけだと見抜いたらしい。こちらの演技など意にも介さず、浮橋有栖(うきはしありす)と談笑を始めてしまった。

「てか凛映(りお)、この前はありがとうね！」

「へ？」

「ほら、佐世保(させぼ)のゲーセンに〈ZOMBIE　SHOOTER〉の続編があるって教えてくれたじゃん。今度行こうと思っててさ」

「ああ、その件か。遠征するときは私も同行させてよ」

「いいよ～。あ、弟子も一人連れてくけどいい？」

「んん？　弟子とな？」

「これがけっこう才能あるんだよ。人見知りだけど……あ、他のみんなも一緒に来る？」

「行かない！」

菅谷(すがや)（姉）、山本沙希(やまもとさき)、倉田美星(くらたみほし)の三人は、全く同じタイミングで言い切った。

*

映画作りは目まぐるしいスピードで続く。

午前中は夏休みの課外授業を受け、放課後は誰かにインタビューしたり密着したりして、夜は〈コバヤシ映画堂(えいがどう)〉でインプットという名の無料映画観賞。今まで生きてきた中で一番忙しくて濃密な日々だ。

でも、不思議と疲労は感じていない。

単に神経が麻痺(まひ)しているだけなのか、それとも、こんな毎日も悪くないと思い始めているのか。あるいは、摑(つか)みどころのない先輩と過ごす日々を内心で楽しんでいるのか……。

コバヤシ映画堂(えいがどう)のシアタールームで〈アベンジャーズ〉のエンドクレジット後に流れるおまけ映像までしっかり観(み)たあと、待ち合わせ場所の浜町(はまのまち)アーケードへと向かう。

夜一〇時過ぎのアーケードでは、半数以上の店がシャッターを下ろしていた。

昼間の喧騒(けんそう)が嘘(うそ)みたいに人通りは少なく、酔っ払って足元が覚束(おぼつか)ない大学生や会社員もちらほらいる。

少しずつ終わりに向かっていく街の中心に、小林(こばやし)先輩はいた。

マクドナルド前のやけに座りにくい円形のベンチに腰を下ろし、カメラに集音マイクをセッティングしている。夏課外が終わってから一度も家に帰っていないのか、まだ制服姿だ。警察に補導されたり変な奴(やつ)に声をかけられたりしないかヒヤヒヤする。

すぐに声をかけるのは憚(はばか)られた。

代わりに、部室から持ってきた予備のカメラを構え、熱心に作業している先輩の横顔を映像に収める。

帰路につこうとする人々の流れの中で、彼女だけが浮き上がって見えた。

まるで、そこだけ時間の流れが停滞しているかのように。

ありもしないスポットライトに照らされているかのように。

「……あ、弓木くんだ。五分遅刻だよ」

意識が被写体に吸い寄せられているうちに、小林先輩の方がこちらに気付いてしまった。

慌ててカメラを背中に隠し、無難な笑顔を浮かべてみせる。

「映画のエンドロールが意外と長かったんですよ。途中で席を立つなんて言語道断だって、先輩も言ってましたよね？」

「なるほど。じゃあ仕方ないか」

「……こんな言い訳で納得してくれるとは思いませんでした」

「次から気を付ければいいさ。じゃ、行こっか」

こんな時間に集合したのは、〈コズモ〉というアーティストの路上ライブを撮影しに行くためだった。

俺はよく知らなかったけれど、ネットが規制される前はそこそこの有名人だったらしい。しかもその正体は海鳴高の二年生――三橋俊吾。

なんか聞き覚えのある名前だなと思って友人たちに話を聞いたら、そいつは小学校までサッカーをやっていたらしい。市内の大会とかで、俺のチームと対戦した可能性もある。

「毎週水曜日、アーケードのどっかで演奏してるらしいけど……ってあっちか！」

遠くの方から、ギターを爪弾く音色が聴こえ始めた。

ちょうど俺たちの周囲にも〈コズモ〉のファンが何人かいたらしく、「あ、始まった！」「今日は思案橋らへん？」などと口々に言いながら音の聴こえる方へと走り始めた。悔しいけれど、凄まじい人気だ。

ギターの音色を辿って歩くと、アーケードの終端付近にできた人だかりに行き着いた。

その中心には、見覚えのある少年が座っている。

鼻歌を紡ぎつつギターを爪弾き、ペグを回して細かくチューニングする。愛想を振り撒くようなトークも、定型文めいた挨拶も皆無。観客の存在なんて目に入ってもいないように、心底楽しそうにギターをいじっている。

まるで、音楽を始めたばかりの中学生のように。

「じゃあ、始めます」

あまりにも簡潔なオープニングトークのあと、最初の曲が始まった。すでに集音マイクつきのカメラを構えている小林先輩に続いて、俺も予備のカメラを起動させる。

ずいぶんシンプルな曲だな、と思った。

シンプルだけど、心の中のどこかを震わせる曲だ。

ネット全盛期に活躍したアーティストだと聞いていたから、もっと複雑な演奏を好むのかと思っていた。だけど三橋の曲はまっすぐだ。変に奇を衒わずにコードをかき鳴らし、愚直なくらいストレートなメッセージを歌い上げている。

ラブソングなんてくだらない、と今まで考えていた俺だけど、三橋の曲にはなぜだか聴き入ってしまっている。

確かに歌も演奏も上手いけど、プロ並みというほどのレベルじゃない。荒削りさを一周回って魅力だと感じ取れるほど俺は音楽に詳しくないし、顔見知り未満でしかない同級生に共感を覚えているわけでもない。

なのにどうして、三橋の曲は内側まで響いてくるのだろう。

「いいね三橋くん。すごくきらめきを感じる」

一曲目が終わったあと、近くに来た小林先輩がボソッと呟いた。

きらめき。

また出た。いつかも聞いた単語だ。

小林先輩いわく、それは映画の主人公になりうる唯一絶対の条件なのだという。『カメラはそれを映し出す魔法』という、やけに含蓄のありそうな言葉もあった。

意味がわからない。まるでなぞかけだ。

この映画を撮り終える前に、俺はその正体に近付けるのだろうか。

*

「……北川大智。海鳴高校三年二組。帰宅部」

ナイキのTシャツとジーンズというシンプルな格好の男が、カメラに向かって不機嫌そうに答えた。

やけに整った顔面と、筋肉質だがすらりとした体躯は噂に違わない威力を放っている。ギャング映画に出てきそうな海沿いの廃倉庫をバックに佇む姿は、スクリーンで観ても違和感がないくらい様になっていた。

この人が、小林先輩のいとこだと聞いたときは少し驚いた。

北川大智と言えば、プロサッカー選手になりかけたくらいスポーツ万能で、校内にファンクラブがあるほどの超絶モテ男だ。練習がキツくて中一で弱小サッカー部を辞めた俺からすると、まさに雲の上の怪物。

「大智、顔怖いって～。もっとリラックス！　自然体で！」

「無茶言うなよ。映画に出るなんて初めてなんだ」

インタビューの背景に最適な場所を探すため一時間も待たされたからか、北川大智の顔には疲労と苛立ちが滲んでいた。

ただの完璧超人だと思っていたけれど、小林先輩の圧力に押されている様子を見て少し安心する。輝かしい経歴さえ取っ払ってしまえば、この人もただ俺より一つ歳上なだけの普通の高校生なのだろう。

……というか、インタビューの場所にこんな郊外の廃墟を指定する辺り、ちょっと変わった人なのかもしれない。友達とかいるんだろうかと心配になる。

「……大智はさ、廃墟の写真撮ってるとき何を考えてる？」

「別に、何も考えてねーよ」

「あ、これ映画だからさ、もう少し丁寧な口調でお願いしていい？」

「……わかりました」

「駄目、敬語は禁止！『現役高校生の監督が、身の回りにいる人たちを取材する』がコンセプトの映画だから」

「……面倒くせーな」

「大智、もっと丁寧に」

「…………」

これが最後のインタビューになるからか、小林先輩の要求はわりと厳しい。たぶん、幼少期からずっと仲の良いとこだから遠慮する必要もないんだろう。

たっぷり一分間かけて自分を納得させた北川大智が、ようやくオーダー通りに語り始める。

「……別に、何も考えてないよ。なんか、廃墟見てると気持ちが落ち着くってだけで」

「どうして落ち着くのか、まだ言語化はできてないの?」

「だって、深く考えたことないしなあ」

三脚の後ろでカメラのファインダーを覗き込みながら、小林先輩は「うーん」と唸っている。今返ってきた答えは納得のいくものではなかったらしい。

彼女は助言を求めるように俺の方を向くけれど、素人がまともなアイデアを捻り出せるはずがない。光を反射する円いレフ板を両手で抱えて、北川大智の周囲の光量を調整するだけで精一杯だ。

じゃあ質問を変えるね、と小林先輩は表情の真剣度を上げた。

「大智も知ってる通り、もうすぐ世界が終わるかもしれないよね。小惑星〈メリダ〉が来年五月のシベリア地方に衝突して、地球はぐちゃぐちゃに破壊されてしまう。NASAと国連軍が小惑星の軌道を逸らしてくれる可能性はまだ残ってるけど、もしその作戦が失敗しちゃったら……もう二度と、今みたいな夏は訪れないかもしれない」

「何だよ、急に怖がらせるようなこと言って」

「それなのにどうして、大智は楽しそうに生きてるんだろう」

「言うほど楽しそうか? ただ廃墟の写真撮ってるだけなのに」

「楽しそうだよ。心の底では、全然絶望してないように見える」

北川大智は三秒ほど考え込み、照れくさそうに頬を掻いた。

今の些細な仕草が、何だか彼の人間性を象徴しているような気がする。それが具体的にどんなものなのかを読み取る洞察力は、俺にはまだない。

「……やっぱ、七海の存在が大きいのかな」

「ああ、前言ってた彼女？」

「そう。もう付き合って一年半になる」

「二人は、どんな経緯で付き合い始めたんだっけ？」

それから彼は、俺がまだ顔も知らない恋人との馴れ初めを語り始めた。

高一のとき同じクラスになって、他の子よりも大人びた彼女をだんだん意識するようになったこと。終末性不安障害になった彼女が引きこもり始めたこと。どうにか彼女を助けようと試行錯誤したこと。何度も心が折れそうになったこと。ようやく部屋から出ることができた彼女が、やっぱりとても綺麗だったこと。

俺は今、何を見ているのだろう。

そんな疑問が湧き起こる。

冷笑的な意味では全くない。初対面の先輩の惚気話に辟易しているわけでもない。

ただの高校生が自分の恋愛の話をしているだけなのに、なぜか目を離すことができないのだ。

特別話の構成が上手いわけでも、喋り方に引き込まれるような抑揚があるわけでもないのに。

自分の内側に生じた感情に、適切なラベルを貼ることができない。

ただ、ここにも小林先輩が言うきらめきが関わっている気がする。

それだけは確かだ。

「……でも、最近ちょっとぎこちないんだよな」

「そうなんだ」

「避けられてるっていうより、なんだろう……。過剰に遠慮されてるっていうか。うん、七海はたぶん俺に何か隠してるんだよ」

小林先輩の目の色が、少しだけ変わった。

「浮気されてるかもしれない……とか？」

「違うよ。七海はそんな奴じゃない。コソコソ浮気するくらいなら、正面から堂々と俺を振ってくるタイプだと思う」

「浮気以外の隠し事ってなんだろう」

「わからない……。でもたぶん、かなり深刻な話なんだろうな。俺に相談もしてくれないなんて、今までじゃ考えられなかったことだから」

「なるほどね……」なんだか、小林先輩は悪い顔をしていた。「ちなみに、七海ちゃんにはどうしたら会えるのかな？」

5

「弓木(ゆみき)くん、映画の撮影だけど——このたび延長が決定しました！」

三限目までの課外授業が終わった直後、小林(こばやし)先輩が俺のクラスに突然乗り込んできた。

俺を含めた三四人分の視線が、扉の前で仁王立ちする彼女に集まる。防災訓練のごとく机の下に潜り込みたい気分だったが、そんなことしたら余計に目立ってしまう。

仕方なく、普通に帰宅するフリをしながら出口へと向かう。

もちろん、小林(こばやし)先輩がいるのとは違う扉に。

「ちょっと、何無視してんのさ」

案の定廊下を走って追いかけてきた彼女に、悪びれた様子は全くない。

盛大な溜(た)め息(いき)が口から漏れる。

「はあ……。俺は注目を浴びるのが苦手なんですよ」

「いいじゃん別に。もっと自分を曝(さら)け出(だ)そうよ」

「今までそういうキャラでやってきてないんです。いきなり自己主張し始めたら、イメージの整合性が取れなくなるでしょ」

「ええ〜、いつもそんなこと考えながら生きてるの？」

「悪いですか。自意識過剰ですか」

「おお、自覚はあるんだね。えらいぞ」

「……帰ります」

「あ、またすぐ離脱しようとして！」

退散しようとした俺の手首を、小林先輩がとっさに摑んでくる。

それでまた廊下を行き交う生徒たちの注目が集まったが、もう指摘するのも面倒臭い。

「じゃあ本題に戻ろっか、弓木くん」

「まだ撮影を続けるんでしょ？　さっき聞きましたよ」

「あれ？　なんか全然びっくりしてなくない？　一応、最初に予定してた撮影はこの前全部終わったのに」

「北川さんのインタビューが終わったあと、先輩ずっとニヤニヤしてたじゃないですか。何か良からぬことを考えてる雰囲気がプンプンしてましたよ。それに、あれから数日経ってもまだ例のノートを返してもらってないですし。要するにそれ、『撮影終了はまだ』って意味でしょう」

「……ごめん弓木くん、『例のノート』って何だっけ？」

「は？」

何を言ってるんだ、この人は。

「いや、そもそも俺が映画を手伝ってるのは、趣味で密かに書いてたノートを人質に取られてるからで……って、マジで覚えてないんですか?」

「……あー、思い出してきた。そういやそうだったね」

「……先輩。ちなみに、そのノートってどこに保管してます?」

「………………」

「沈黙ってあんた」

「……ま、まあいいじゃんか細かいことは! さっ、絵コンテ描いてきたから部室行くよ!」

「まさか紛失しました?」

「ほら、急ごうよ弓木くん。青春は待ってくれないよ」

「紛失したんですね?」

「……ごめん」

本気で責任を感じたのか、先輩は俺の前で俯いてしまった。

廊下にいる生徒たちの視線が痛い。これはこれで誤解を招きかねない状況だ。

「……いや、まあ大丈夫ですよ。あのノート、別に何がなんでも保管しときたいものじゃないですし。自分の名前もたぶん書いてないんで、もし学校で見つかっても俺のものだってバレることもないはずです」

「……でも、ノートがないと弓木くんはもう手伝ってくれないよね?」

そういえば、そんな設定になっていたんだった。

だが、ノートが返ってこないからといって、こんなタイミングで撮影を降りるのは俺としても不本意だ。まだ小林先輩が映画を撮り続ける理由も、彼女が事あるごとに言うきらめきというものの正体も解明していないのに。

とはいえこちらから懇願するのは絶対に嫌なので、「仕方なく許してやる」という態度を装うことにした。

「それも大丈夫です。不問にしてあげますよ」

「……ほんと?」

「ほら、いったん部室に行きましょうよ」

「やった!」

子供みたいにぱあっと明るくなった表情を見て、俺はこっそりと安堵した。

部室に到着するなり、小林先輩がスケッチブックを手渡してきた。

「何ですかこれ」

付箋の貼ってあるページをめくると、そこには色鉛筆で彩色された絵が描かれていた。

暗闇の中で光り輝くメリーゴーラウンドと、その前で見つめ合う男女。

駅前のギャラリーや金持ちの家に飾られていても不思議じゃないくらい精巧で、魔法のような輝きに満ちた絵だ。思わず息を呑んでしまう。

「いや、絵うまっ」

「ふふん。映画監督なら最低限は描けないとね」

「……最低限ってレベルじゃないですよ。ていうかこれ、何なんですか？」

「絵コンテみたいなものかな。最後にさ、このシーンを撮影したいんだ」

それから小林先輩は、このファンタジーな絵に紐づいた物語を説明し始めた。

あまりにも唐突で、奇跡めいた演出を彼女は映画に加えようとしている。本当に成立するかどうかも不明な撮影プランを最後まで聞いたところで、俺はいよいよ堪えきれなくなった。

「……先輩、今撮ってる映画ってドキュメンタリーですよね？」

「そうだよ」

「そんな風に、ヤラセ……というか演出をしちゃってもいいんですか？」

登場人物を魅力的に撮れれば、物語の起伏なんてそんなに重要じゃなくなる——映画作りに参加する前に、小林先輩はそういう意味のことを言った。

これまで色んな人にインタビューや密着をしてきて、俺は彼女の言うことは正しいと思っていた。ただの同級生や先輩や後輩でしかなかった人たちが本当に輝いて見えたし、彼らの人生や思想をもっと深く知りたくなった。それがこの映画の力なんだと思った。

それなのに、今更物語を付け加えるのはアリなのだろうか。

それで本当に、彼女の言うきらめきを映し出せるのだろうか。

「きみと初めて会った日に、タランティーノの話をしたの覚えてる？」

「はい。登場人物を魅力的に撮るのが何よりも重要だって……」

「もう一つ、彼の映画には特徴があったよね。タランティーノは、本気で、映画で世界を救おうとしてるってこと」

カメラのフラッシュが焚かれたように、一瞬で記憶が蘇る。

タランティーノは〈ワンス・アポン・ア・タイム・イン・ハリウッド〉で、〈ジャンゴ　繋がれざる者〉で、〈イングロリアス・バスターズ〉で、史実を捻じ曲げてでも、現実世界の悲劇を痛快に書き換えてみせた。

それと同じことを、この人はやろうとしているのか。

ただの素人監督の立場で、映画のセオリーを平然と無視してまで。

「私も、映画で世界を救ってみることにしたんだ。荒唐無稽なラストシーンを付け加えて、やりすぎなくらい爽やかな魔法を演出してみせるよ」

世界のすべてを祝福するように、彼女は白い歯を見せて笑った。

*

経営不振で潰れてしまった廃遊園地のメリーゴーラウンドを稼働させる――それが、ラストシーンの演出の肝だ。

先日インタビューした北川大智の恋人――山田七海がボリビアに飛び立ってしまう前に奇跡を実現してみせることで、小惑星への恐怖で凝り固まった彼女の心に、何らかのポジティブな変化をもたらしたいのだという。

「私の父がお店をやってるんですけど、先日七海ちゃんが偶然来て、色々と話を聞いてみたんです。それで、ラストシーンはこの演出しかないって確信しました」

坂の上にある日本家屋の縁側で、小林先輩がご老人に向かって熱心に語っている。

軒先に吊り下げられた風鈴が涼しい音を立て、蝉の声の洪水に彩りを添えている。透明のグラスに注がれた麦茶を一口啜り、彼女は熱弁を続けた。

「いとこから話を聞いて薄々思ってたけど、七海ちゃんも本心では別れたくないんですよ。いつまでも大智と一緒にいたいんですよ。だけど宇宙の果てからやってくる小惑星が怖くて、楽観的な考え方ができなくなってるんです。

……村元さん。私は、メリーゴーラウンドを動かすことでそんな現実をブチ壊したい。小惑星なんて恐れるに足らない存在だって、結局世界は救われちゃうんだって、七海ちゃんと観客に信じてもらいたいんです」

廃遊園地のオーナーだった村元さんは、呆気に取られたように目をぱちくりとさせた。

「言ってることは正直よくわからんが……メリーゴーラウンドを動かしたいって想いは理解できたよ。どうせただの廃墟だし、土地はまだ私のものだ。立ち入りも許可しよう」

「本当ですか」

「……だけど、実現は厳しいんじゃないか？」

「どうしてですか？」

「どうしても何も……廃遊園地はもう電気通ってないよ」

「でも、敷地内に引き込んだ電線はまだ撤去してませんよね？」

「そうだけど、今からまた電気会社と契約するには予算がなあ……。一般家庭ならともかく、今は事業に電気を使おうとしたらそれなりの契約料が必要になるんだ。わかるだろ、今は電気代も高騰しているし」

やっぱりそうか、と溜め息が出そうになる。

確かに、映画のクライマックスで廃遊園地のメリーゴーラウンドが突然動き出すのは画になるし、わかりやすく感動的だ。地球規模の悲劇で引き裂かれる恋人たちの前で起きた奇跡が、小林先輩の演出によってどんな化学反応を起こすのか楽しみですらある。

でも、物語の前にはいつも現実が立ち塞がってくる。

一から土地を買って遊園地を造るため、村元さんは多額の借金を抱えたはずだ。しかも遊園地はたった四か月で潰れてしまったから、元手なんてほとんど回収できていないはず。とてもじゃないけれど、燃料不足で冗談みたいに高騰した電気代や、二年前から法律で必要になった電気契約料を追加で支払わせるわけにはいかない。

それでも、小林先輩は引き下がろうとしなかった。

制服のスカートの裾をぎゅっと握りしめ、まだ逆転の目を探している。

「……先輩、もう帰りましょう。これぱっかりはどうにもならないですよ」

「やだ」

「やだって……。子供じゃないんだから」

「弓木くん、いいこと教えてあげる。映画監督ってのはね、現実に負けちゃいけないんだよ。どれだけ厳しい制約があっても、どれだけ絶望的なトラブルに見舞われても、最高のシーンを撮ることだけは絶対に諦めちゃいけない。与えられたカードを全部使って、現実を打ち負かすプランを企てなきゃいけないんだ」

「お嬢さん。熱意は伝わったが、これぱっかりは……」

「……電気代と契約料、合わせたらいくらくらいになりそうですか」

「え？」

「教えてください、村元さん。いくらあれば、メリーゴーラウンドを動かすだけの電力を確保できますか」

「……今の時代、また契約し直すとなると三〇万はするんじゃないかな」

「なるほど。夕方までに三〇万用意したら、すぐ電気会社に手配してくれますか？　明日の夜にはもう、メリーゴーラウンドを動かさなきゃいけないんです」

「ま、まあ電線はもう引いてるわけだし、お金さえあれば再契約できないこともないが……」

さすがに口を挟むことにした。

「小林先輩。忘れてるみたいですけど、これってただの学生映画ですよ？　予算なんてないんですよ？　三〇万なんて無理に決まってます！」

「大丈夫。私が調達するから。それも映画監督の仕事だよ」

「だからどうやって――」

「アテはある。だから、弓木くんも手伝ってよ」

瞳の奥に散らばる星を燃え滾らせて、小林先輩は言い放った。

6

長崎屈指の繁華街――思案橋の外れの外れにある雑居ビルに、その店はある。

コバヤシ映画堂。小林先輩の父親が経営している、映画館ともレンタルビデオ店ともつかない謎の業態の店だ。

相変わらず客が誰一人としていない店内で、映画愛好家の父娘がレジカウンターを挟んで対峙している。

何となくその必要がある気がして、俺はこっそりとカメラを回した。

「時にお父さん。相談があるんだけど」

最初に切り出したのは小林先輩だ。

「単刀直入に言うね。私の映画に、今すぐ三〇万円出資してください」

店の奥のカウンターに座っていた父親は、幼児に玩具をせがまれたときのような笑みを浮かべる。

「凜映、ちょっといきなりすぎないか？　びっくりしちゃったよ」

「三〇万なんて大金だよね。わかってる。だけど……」

「いや、そのくらいの蓄えはあるよ。でも出資するかどうかは別だ」

丸眼鏡の奥の瞳を光らせて、父親がぴしゃりと言った。今、この人は、誰も来ない店を道楽で回しているだけの暇人じゃない。明らかに雰囲気が違う。

父親の表情がよく見えるようにカメラをズームさせる。

店内を満たす空気の質感も変わった。

「仮にも映画プロデューサーをやってた俺に『出資しろ』って言うからには、それなりの勝算があるんだよな？　学生映画だから、採算が取れるかどうかまではこの際問わない。だけど、ただの学生映画に金を出すなんて俺のプライドに反するんだ。わかるな凜映？　俺を納得させられるだけの映画を作れないなら、絶対に出資はできない」

「もちろん」

小林先輩は生唾をごくりと飲み込んだ。

いつも飄々としてよくわからないことを言っている彼女が、こんなに緊張している様子を見るのは初めてだ。

この二人は今、仲の良い父と娘ではなく、全権を握るプロデューサーと駆け出しの映画監督という立場で話している。

たっぷり時間をかけて深呼吸したあと、小林先輩はラストシーンの概要を語り始めた。

宇宙から飛来する巨大岩石に引き裂かれる高校生の二人。お互いが大切だからこそすれ違う想い。そんな二人が最後のデートに選んだ廃遊園地。なぜか賑やかな音楽とともに動き始めるメリーゴーラウンド。

そんな魔法を見て、二人の心境にどんな変化が生まれるのか。

結末は誰にもわからない。

小林先輩にも、その助手の俺にも、もちろんカメラの向こうに立つ二人にも。

「……博打だな」

カウンターの奥にいる父親が立ち上がり、映画のＤＶＤが大量に並ぶ店内をスタスタと歩き始めた。

カメラマンの務めを果たすため、俺はどうにか彼の姿を追いかける。

父親は、棚から俺の知らない映画のDVDをいくつか取り出してカウンターに並べていく。

パッケージを見る限り、どれもドキュメンタリー映画のようだ。

「ドキュメンタリーは他のどれよりも繊細なジャンルだ。演者はみんな素人だから、絶対に演出プラン通りには動いてくれない。だから撮影した素材を編集でうまく繋ぎ合わせて、九〇分の観賞に堪えるだけの面白さを担保できるスキルが求められるんだ。しかも今回は夏休みが終わってすぐ公開することになってるんだろ？　あと一週間と少しだ。はっきり言って、難易度は相当高いと言わざるを得ない」

「わかってる。でも編集は撮影と同時並行で進めてるから、ラストシーンさえ撮れれば絶対間に合うよ」

「もっと大きな問題もある」

また一段階、店内の温度が下がっていく。

「ドキュメンタリーはとにかく監督の力量が試されるジャンルだが……その一方で、少しでも作為性が滲み出てしまうと駄目なんだ。ヤラセなんてもってのほか。演出っぽさが出ただけでも、一気に作品はチープになってしまう。まして、ドキュメンタリー映画の中で急にフィクションをやろうだなんて――今の凜映のレベルじゃ無理だ」

カウンターの上に並べた映画のパッケージが、指で軽く叩かれる。

「もちろん、フィクションの中にドキュメンタリーの要素を入れた作品なら前例はたくさんあるんだ。〈アメリカン・アニマルズ〉〈15時17分、パリ行き〉……フェイクドキュメンタリー作品も入れるとその数は膨大になる。だがその逆はほとんどない。理由は簡単だよ。成立させるのが難しいからだ」

「……それもわかってる」

「わかってるなら、なぜやろうとする？」

対等とはほど遠い、けれど普通の親子関係よりは幾分フェアな目線で、父親は小林先輩を見つめた。

まだ言語化されていない、いくつもの想いが交錯しているのだろう。その一つ一つを知ることができないのが、たまらなくもどかしい。

今の俺にできるのは、ただカメラを回し続けることだけだ。

「誰もやってない表現に挑戦したい——ただそれだけの動機なら、俺は反対だな。ドキュメンタリーの鉄則を捻じ曲げてまで、フィクションを入れ込むべき明確な理由が欲しい。凛映がこの映画で描きたいテーマはなんだ？　そのテーマを描くために、どうしてこのラストシーンが必要なんだ？」

「それは……」

この回答に、すべてがかかっている。

カメラを持つ手に汗が滲む。こんな経験は初めてだ。これほどまでに、誰かの言葉に意識が吸い寄せられるのは。

　俺は音を立てないように店内を移動して、小林先輩の顔を正面から捉えられる構図を探した。

「私はね、周りにいる大切な人たちの——きらめきを世界に伝えたいんだ」

「きらめき？　どういう意味でその語彙を使ってる？」

「お父さん、〈ヤルコフスキー効果〉って知ってる？」

「質問に質問で返さないでほしいな」

「大切なことなの。知ってる？」

「……さあ。あまり聞いたことはない」

「太陽系を周回する小惑星にまつわる物理現象だよ」

　小林先輩は、声のトーンを一段落とす。

　これまで映画撮影に携わってきて学んだ。

　——人が、何か大切なことを語り始めるときの反応だ。

「太陽光で暖められた小惑星は、表面が冷えるときにエネルギーを放出する。だいたいブドウ三粒分くらいの小さな力だけど、長期的に見たら全く馬鹿にならないんだ。小惑星の軌道が一年間で三〇〇ｍくらい動いちゃうから、軌道を予測するときは〈ヤルコフスキー効果〉をしっかり計算に入れなきゃいけない」

「……今地球に迫ってる〈メリダ〉にも、その効果は働いてる？」

「うん。ブドウ三粒分の力が何十年・何百年と積み重なって、来年五月のシベリア地方に小惑星を衝突させてしまうんだよ」

地球の重力すら手懐けて軽やかに笑う小林先輩が、小惑星のことをそこまで真剣に考えているのは意外だった。

パニックを防ぐため〈メリダ〉に関する情報は統制されているので、自分から積極的に調べないとナントカ効果の存在すら知ることができなかったはずだ。

「でもね、お父さん。私は——人間の想いの力が、ブドウ三粒分よりも小さいはずがないって思うんだ」

億千の星空よりも煌々と輝く瞳を見て、俺は不意に、彼女がいつも言っているきらめきというものの正体に近付いた気がした。

「私の周りにいる人たちはね、もうすぐ終わるかもしれないこの世界を、とにかく切実に生きてるんだ。これが最後になってもいい、絶対に後悔してたまるかって想いで、一日一日を大切に生きてる。周りから見たらどれだけ地味でも、どれだけしょーもないことでも、みんな自分の人生を楽しんで生きてる。躍動してる。鳴動してる。主人公を演じている」

だから、と彼女は締めくくった。

「だから、ラストシーンでは魔法が起きなきゃいけないんだ。ブドウ三粒分の力なんてひっくり返せるくらい鮮烈で、痛快で、思わず笑っちゃうくらい荒唐無稽な、誰もがまっすぐ美しいと思うしかない奇跡を起こさなきゃいけない。それが、この映画で世界を救う唯一の方法だって私は思ってる」

彼女の言うきらめきとは、この時代を生きる人間の切実さと同義だった。

もうすぐ終わるかもしれない世界だからこそ、この夏の一瞬は重い。何かから逃げても、行動を起こさずダラダラ過ごしても同じ一瞬だ。

だけど、来年の夏はもう来ないかもしれない。

だから、カメラの向こうの主人公たちは懸命に生き急ぐのだ。

やり直しの利かない一生を、決して巻き戻ることのない一瞬を、誰かの網膜に焼き付けるために。文明が消し飛んでも消えることのない証を、この夏のどこかに刻み込むために。

──だからこそ、この時代は美しいのだ。

いつか小林先輩から聞いた言葉の意味が、今頃になって脳髄に染み渡っていく。

「……ふう、想いだけは本物みたいだな」

「口だけじゃないってことも、試写会でわからせてあげるよ」

「学生監督が生意気に」

「ふふん。将来、名監督になる女子高生だよ。光栄に思ってほしいな」

「その夢を叶えたいなら、肝心の地球にも生き残ってもらわないとな」

もう一度深く溜め息を吐いて、父親はシアタールームとは別の扉の中へと消えていった。その先は店の上階にある住居スペースだ。

五分後、分厚い封筒を持って映画プロデューサーが戻ってきた。いつか小林先輩がそう言っていた。

レンズ越しでもはっきりと重みが伝わるそれを受け取って、小林先輩は顔を上げる。

「ありがとう、お父さん。いつか絶対に返すよ」

「別にリターンはいらない。……ただし、一つだけ条件がある」

「なに？」

「最高に面白い映画にしてくれ。以上」

「……了解しましたっ！　ほら、行くよ弓木くん！」

やりすぎなくらい爽やかな返事をしたあと、小林先輩は俺の手を引いて店を飛び出した。

エレベーターを待つ時間すら惜しんで階段を駆け下り、カメラを回しながらマジック・アワーの下に広がる繁華街を駆け抜けて、少し混み始めてきた路面電車に駆け込み乗車して、廃遊園地のオーナーが待つ日本家屋までの坂道を駆け上がる。

どう考えてもそんなに急ぐ必要はないのに、小林先輩は足を止めようとしなかった。

宇宙の果てから降ってくる絶望を置き去りにするように、封筒だけを握りしめて軽やかに坂道を疾走する。酸欠になりながら必死に追いすがり、その後ろ姿をどうにかカメラに収めることが、世界から俺に託された使命だった。

「ほら、急いで弓木(ゆみき)くん！　青春は待ってくれないよ！」

「もっ、もう吐きそうです助けてください……！」

「それはそれで画(え)になるよ！　限界まで頑張って！」

「行き過ぎたポジティブは暴力なんですね！　初めて知りました！」

無茶苦茶にも程がある映画監督は、疲労なんて微塵(みじん)も滲(にじ)んでいない笑顔を向けてきた。

映画のことなんてまだよくわからないけれど、たぶんこの人に任せれば大丈夫だ。何の根拠もなく、俺はそう思った。

きっと、この廃遊園地のメリーゴーラウンドは回る。

きっと、この世界は映画で救われるのだ。

それだけを信じて、俺は坂道の残りを走り続けた。

post credit

映画研究部部長・小林凜映はやっぱり変な人だ。

新学期が始まり、八月も終盤に差し掛かったある昼休み、小林凜映は高校の中庭で高らかに宣言した。

『八月三一日、長崎中央劇場で新作映画の試写会をします！　興味のある人は三年四組の小林か、二年一組の弓木までお声かけください！』

拡声器を片手に堂々と立つ小林凜映とは対照的に、その隣で開催情報が書かれたボードを掲げる弓木透は居たたまれない様子だ。よほど目立ちたくないのか、サングラスとマスクで変装までしている。

無駄な足掻きだなあ、と思わず笑ってしまう。

二人が映画研究部の部員ってことくらい、もう海鳴高のほぼ全員が知ってるのに。

「どうする初瀬？　映画観に行く？」

机で黙々と原稿に赤ペンを入れていた初瀬は、当然のように言った。

「行くに決まってるだろ。ずっと楽しみにしてたんだ」

「そこで、浮橋アリスに小説渡すからだろ？」

「うるさい菅谷！　勝手な推測するなよ！」

「はいはい。推敲作業頑張ってくれよ」

夏休みの序盤にインタビューを受けて以来、俺も実は映画の完成を楽しみにしていた。

たぶん、自分が映画に出演するなんて最初で最後の経験になるだろう。

もう二度と来ない夏を締めくくるには、わりとちょうどいいイベントかもしれない。


次の土曜日が八月三一日だった。

人類最後かもしれない夏を謳歌するため、浜町アーケードは老若男女でごった返している。

その喧騒から道二つ分くらい外れた場所に、長崎中央劇場はあった。存在はずっと知っていたけれど、上映されている作品がマイナーすぎて足を運んだことがないミニシアターだ。

それでも、学生映画の試写会をやるにはできすぎた舞台だと思う。

学校の視聴覚室では収まりきらないくらい観客が集まったということだろうか。

もしそうだとしても、ただの学生映画がこのミニシアターの上映枠を勝ち取るまでにどんな苦労があったんだろう。

――今度学校で会ったら、弓木に訊いてみようかな。

そんなことを思いつつ、極度の緊張で終始無言の初瀬とともにロビーに入る。

想像の五倍くらい混雑しているロビーを見渡していると、いきなり大ボスとエンカウントしてしまった。

「あれ？　圭一じゃん。なんで来てんの？」

「ね、姉ちゃん……」

菅谷愛花。実の姉にして我が家の最高権力者が、友達三人と仲良くベンチに座っていた。

その中にはあの浮橋アリスもいる。案の定、初瀬は簡単な挨拶だけして俺の後ろに隠れてしまった。

「そっか、圭一も映画出てたんだっけ」

「ま、まあね。あっ、別に変なこと喋ってないから許して……！」

「まだ何も言ってないでしょ。やめてよもう」

家にいるときの暴君っぷりが嘘のように、姉はにこやかに笑っている。

ほっとしたのも束の間、姉は「ポップコーン買ってこようかな〜」と席を立つと、すれ違いざまに耳元で囁いてきた。

「映画、どうなってるか楽しみだね」

や、やばい……！

怯える俺を見てギアが入ったのか、姉はさらに畳みかけてくる。

「そういや、圭一の彼女もさっき見たよ。白崎さん」

「…………え」

「あっ、ごめんごめん。二週間前にフラれたんだっけ」

「姉ちゃん、相変わらずいい性格してんな……」

「はいはい。まあお互い楽しもうね」

映画に集中できない条件が二つも揃ってしまったタイミングで、劇場スタッフのアナウンスが流れた。

あと一〇分で上映開始なのだという。

＊

「この映画は、私の身の回りにいる人たちの日常を切り取ったドキュメンタリーです。こんなに大勢の人に作品を観てもらうのは初めてなので緊張してますけど、ものすっごい映画になった自信があります！　だからまずは、映画に出演してくれた皆さんと、撮影に協力してくれた皆さんに感謝させてください。本当にありがとうございましたっ！」

制服姿で登壇した小林凜映が、上映前の挨拶を元気に締めくくった。

「ではお楽しみください〜」と彼女が舞台袖に消えていった数秒後に、シアター内の照明が落とされていく。

映画は、俺も見慣れた長崎港の風景から始まった。

波にたゆたう漁船やスポーツボート、魚を狙って上空を旋回するカモメの群れ、海面にちりばめられた宝石みたいな光の粒、子供の手の中で溶けていくソーダ味の棒アイス。

美しくもどこか儚い風景に、二人の男女の会話が混ざり込んでくる。

本当に、なんてことのない会話だ。

たぶんカメラを回しているのは小林凜映で、チラチラと画面に映ってくるもう一人が弓木。自分がその場にいて話を聞いているのと何も変わらないくらい、緊張感に欠けたやり取りがしばらく続いていく。

その気怠い会話が何だか愛しく思えてきた頃に、シーンは海鳴高の教室に切り替わった。

放課後の喧騒が一通り描写され、〈どうせ、この夏は終わる〉というタイトルが表示されたあと、ようやく生徒へのインタビューが始まる。

生徒へのインタビューを軸に、密着取材や長崎の風景が所々に挿入されるだけの作品だ。わかりやすいストーリーなんてものはない。俺もよく知ってる場所で、何となく見覚えのある人たちがただ自然体で喋っているだけ。姉や姉の友人たち、それから自分自身が登場したときは、どこかむずかゆい気持ちにもなった。

なのに、スクリーンから目を離すことができない。

一時間も経つ頃には、もうすっかり引き込まれてしまっていた。

専門的なことは何もわからないけれど、映像と映像の繋ぎ方がとにかく絶妙なのだ。画面の光の加減とか、音楽がかかり始めるタイミングとかもすごくいい。

でも、それだけじゃない気がする。

そんな理性的な言葉じゃ、この感覚は言い表せない気がする。

俺はこっそりと、この映画を観に来ているという元恋人を探した。

どうせ姉の嘘か勘違いなんだろうなと思ったけれど、意外とすぐに彼女は見つかった。三列前の三つ目の席。遊ぶときにいつも着けていた、リボン型のヘアゴムを見て確信する。

彼女は今、この映画を観て何を思っているんだろう。

なんだか、猛烈に、その答え合わせをしたい気分に駆られた。

二週間前、いきなり別れを切り出してきたことを後悔してたりして——いや、そんなわけないか。さすがに未練がましいな俺。

俺は人知れず溜め息を吐く。今はスクリーンに集中しよう。

演出からして、恐らく映画はクライマックスを迎えていた。

周囲が羨むほどお似合いなカップルの、決して美しいばかりではなかった過去と、お互いに隠している秘密。観客の俺たちにも改めて突き付けられる、もう二度と夏は来ないかもしれないという事実。小惑星に対する恐怖。確かに聴こえる絶望の足音。

世界中の誰もが他人事ではいられない現実に、この映画はあまりにも強引な解決策を示した。

どうせ奇跡は起きる、という楽観的観測を。

動かないはずのメリーゴーラウンドがちゃんと回ったように、山田七海が小惑星への恐怖を乗り越えられたように、国連軍のプロジェクトはきっと成功に終わる。

九州の片田舎で暮らす高校生にだってできたんだから、世界中から集結した頭脳が魔法を起こせないわけがない――。

俺には、この映画がそう語りかけてくれているように思えた。

『人生は映画に似ている。エンドロールが始まるまでは、何が起きても不思議じゃない』

冒頭と同じ長崎港の風景をバックに、制服姿の小林凜映が笑う。

画面がホワイトアウトし、エンドロールが流れ始めたときにはもう、シアターは盛大な拍手に包まれていた。

照明が灯り、途切れることのない拍手に導かれるように、監督の小林凜映と助手の弓木が舞台袖から登場した。

なんだか少し悔しいけれど、俺も拍手で迎えることにする。同じ学校に通う高校生が今の映画を作ったなんて、ちょっと考えられないくらいすごいことだ。

舞台挨拶の最初は当然監督から――と思っていたら、弓木が小林凜映の耳元で何か囁いている。ひと悶着らしきものがあって、小林凜映は泣く泣くマイクを弓木に手渡した。

少しざわざわし始めたシアターに、弓木の遠慮気味な声が響いた。

「えー、まずはすみません。本当はここで監督の挨拶って流れが一番自然だったんだろうけど、どうしてもやりたいことがあって」

やりたいことって何だろう。

嫌々手伝っているだけっぽかった弓木が、せっかくの舞台挨拶をグダグダにしてまでやりたいこと？

「俺は小林先輩ほどたくさん映画を観てるわけじゃないけど、これはもう譲れないなってくらい好きな展開があるんですよね。ほら、マーベル作品とかでよくあるじゃないですか。エンドロールが流れたあとのおまけ映像みたいなやつ。専門用語では〈ポストクレジット〉とか言うらしいですけど……ちょっと俺、小林先輩には内緒でそれ作ってみたんです」

「えええっ！　そんなの聞いてないよ弓木くん！」

「そりゃ、先輩を驚かせるためにやってますからね。——あ、皆さんご安心ください。一応、編集は昔映画業界でバリバリ働いてた知り合いに協力してもらってますし、そんな変な出来にはなってないはずです」

「えっ、それってお父さ——」

「じゃ、五分くらいの短い映像なんで。ぜひご覧ください」

どうやら、劇場のスタッフには最初から話が通っていたらしい。スムーズな流れで照明が落ちていき、スクリーンに映像が投影される。

『先輩は』

やけに画質の悪いカメラが、狭い部室の椅子に座る小林凜映の背中を映している。

彼女は作業中のパソコンに顔を向けたままだ。隠し撮りなのかもしれない。

『――どうして、映画監督になろうと思ったんですか?』

窓から射し込んだ光が、空気中に舞う埃を浮き上がらせている。その中で作業を続ける小林凜映は、見ようによってはスポットライトの中にいるみたいだった。

弓木が意図的に演出したのかどうかはわからないけれど、素人目にはけっこう映像が様になっているように見える。

『弓木くん、映画作りはまだ折り返し地点だよ。そういう、いかにもクライマックスみたいな質問にはまだ答えられないな～』

『じゃあ、クランクアップまでには答えてくださいね』

『ふふん、覚えてたらね』

画面に一瞬ノイズが走り、場面が切り替わる。

次のシーンには俺が少しだけ映っていた。と言っても画面の端。妙に画質の悪いカメラのピントは、俺にインタビューをする小林凜映の横顔に合わせられている。

どうやら、これはメイキング映像みたいだ。

さっきまで上映されていた映画の裏側で、小林凜映がどんな風に準備して、どんな風に映像を撮っていたのかを断片的なシーンで追いかけていく。

クライマックスのメリーゴーラウンドのシーンを撮るために、元映画プロデューサーの父親と対峙するシーンなんかはかなり心を打たれた。これ自体が立派な物語として成立しているかもしれないと思った。

変わり者なのは何となく知っていたけれど、こうして裏側を見ると小林凜映は相当ぶっ飛んでいる。いちいち振り回される弓木の苦労が窺い知れた。

だけど、カメラを回しながら小林凜映に辛辣なツッコミを入れる彼自身も、映画作りを心底楽しんでいるように見える。

だって、そうじゃなきゃ監督に黙ってこんな映像を作ったりしないだろ。

『今日こそ答えてもらいますよ。小林先輩』

最後のシーンは、映画の撮影がすべて完了した後の打ち上げの場だった。七輪から立ち上る煙が充満する焼き肉屋で、またしても弓木は小林凜映を隠し撮りしている。

『何を答えればいいのさ』

『映画監督になろうとした理由ですよ。クランクアップしたら教えてくれる約束でしたよね』

『えー、そんなこと言ったっけ』

『言いましたよ。証拠映像も残ってます』

『……地味に怖いことするね、弓木くんは』

嚙み切れないホルモンをオレンジジュースで流し込んでから、小林凜映は恥ずかしそうに語り始めた。

『両親の離婚をやめさせるため、かな』

『え？』

『ほんとほんと。そのために、幼い私は映画を撮るって決意したの』

照れ隠しなのか、彼女はメニュー表に視線を落としながら続けた。

『きみも知ってると思うけど、私のお父さんって昔映画制作会社でプロデューサーやっててね。まあ忙しい人だったんだよ。家庭より映画のことが優先。家族サービスする暇があったら映画館に行ってインプット。そんなだから、お母さんは愛想尽かして実家に帰っちゃったの。リビングのテーブルに離婚届だけ置いてね』

『そんな過去が……』

『で、まだ五歳だった私は考えた。どうしたら二人の離婚を食い止められるんだろう？　そうだ、面白い映画を作ればいいんだって』

『は？　ロジックが繋がってなくないですか？』

『五歳児にロジックを求めないであげて』

もう氷しか入っていないグラスを、小林凜映はストローでぐりぐりと回す。

『たぶん、自分がとんでもない名作映画を撮る監督になれば、お父さんはわざわざ会社に行く必要がなくなると思ったんじゃないのかなあ。今考えたら無謀な話だけどね。映画プロデューサーって、監督とだけ仕事するわけじゃないし』

『でも、その勘違いが原点になったんですね』

『そ。まあ、見様見真似(みようみまね)で作り始めてからは、どっぷり映画の虜(とりこ)になっちゃったんだけどね。その結果、映画作り以外何もできない社会不適合者にまっしぐらさ』

『そうですね』

『弓木(ゆみき)くん、そこは否定しないと』

『でも事実ですよ。あ、ちなみに尊敬はしてます』

『尊敬してるならいっか』

『相変わらずチョロい人ですね』そこで弓木(ゆみき)はウーロン茶を一口啜(すす)った。『あ、ちなみに離婚はやめさせられたんですか?』

『うん。お父さんがプロデューサー辞めて長崎に移住するって宣言したら、なんか丸く収まっちゃった』

『……映画の力じゃないじゃないですか』

『あはは、だよね。まあでも、人生ってそういうもんだよ』

　画面の三分の一を七輪が埋め尽くす妙な構図で、二人の無駄話が続く。

　映画本編の冒頭と同じだ。二人の会話をいつまでも聞いていたくなったタイミングで、映像は徐々にホワイトアウトしていった。

エンドロールのときよりは少し控えめな、けれど確かに洪水のような拍手がシアターに鳴り響く。照れくささを隠すために無表情を取り繕っている弓木は、映画に登場した人たちに負けないくらい輝いて見えた。

両手が腫れてもいいやと思えるくらい強く拍手をしながら、俺は考える。

もう、本当にあと少ししか残されていない夏で、自分が何をすべきなのかを。

俺よりもよっぽど斜に構えていそうだった弓木でさえ、この夏の中で変わってみせたのだ。

羞恥心や俯瞰的な視点なんか放り出して、ささやかな暴走を成し遂げてみせたのだ。

――じゃあ、俺にだってできるかもしれない。

偉そうに恋愛のノウハウを初瀬に語る暇があったら、自分自身の現実を変えてみせろ。

この舞台挨拶が終わったら、斜め前に座っている元恋人にどう声をかけるべきか考える。

やあ久しぶり――なんか違うな。

髪切った？――いやよく見ろよ、全然髪型変わってないだろ。

このあと軽くスタバでも――それはちょっと急すぎないか？

やっぱり、フラれた男が未練がましく元恋人に声をかけるなんてダサすぎる。そもそも、向こうにはもう好きな奴がいるかもしれないのだ。

だからここで声をかけるのは悪手。

まずはいったん態勢を立て直して、充分に情報を収集してから――。

「……まあいいや」

誰にも聴こえない声量で、俺はぼそっと呟いた。

どうせ、この夏は終わるのだ。

小惑星の軌道が逸れようがどうしようが関係ない。今と同じ夏は、もう二度とやってこない。

だったらもう、躊躇する暇なんてないだろ。

失うものなんて何もない。客観性も何もかも放り出して、まず一歩踏み出してしまえばいい。

だって、みんなそうしていたのだ。スクリーンの中で汗や涙を流しながら、みんな何かしらの物語の主人公を演じていたのだ。

そろそろ痛くなってきた両手をなおも強く打ち付けながら、俺は密かに決意を固めた。

あとがき

本作は、（小説作品としては）私がデビューしてからちょうど一〇作目となります。一〇作目というのは、映画好きの私にとって特別な意味を持ちます。なぜなら、私が敬愛する映画監督の一人であるクエンティン・タランティーノが、かねてより「長編映画を一〇本撮ったら引退する」と公言しているからです。もちろん私自身は今後も小説家を続けるつもりではありますが、せっかく節目を迎えるからには、何か特別な作品を書かなければならないと常々思っていました。

そこで私は、担当編集氏とも相談して「長崎を舞台にした青春小説」を書こうと決めました。

青春小説を書こうと思ったのは、作家として新しい領域に挑戦したかったからです。デビューしてからずっと、私は犯罪をテーマにした作品ばかりを刊行し続けてきました。主人公はみんな何かしらの犯罪に手を染めていて、銃声や血飛沫（ちしぶき）が飛び交う展開も当たり前という有様（ありさま）。そんな状況では、「たまには心が温かくなるような話を書いてみたい」と思うのが人情というものです。実際、本作の五つの短編はどれも書いていて本当に楽しかったので、この判断は正解だったのだと思います。

舞台を長崎に設定したのは、かつて私が大学時代を過ごした街だからです。

やけに多い坂道、追い越し車線を平然と爆走する原付バイク、街中を走る路面電車、二日酔いを引き連れて歩いた早朝の街並み、稲佐山から見下ろす美しい夜景──どれも鮮明に思い出せます。私の中で長崎という街は「青春」という概念に接続されていて、青春小説の舞台にするならここしかないと即断することができました。

その他にも、本作には「夏」「映画」「ゾンビ」「サッカー」「廃墟（はいきょ）」など、私が好きな要素を詰め込めるだけ詰め込んでみました。少しやりすぎた気もしますが、前述の通り一〇作目は特別なのだから、ちょっと羽目を外すくらいなら許されるでしょう。

様々な方面への愛を込めた本作を、読者の皆様はどのように受け取ってくださったのでしょうか。願わくば、皆様にとっても特別な一冊になっていてほしいと思います。

最後になりますが、本作の刊行に携わっていただいた皆様、池島で現地取材をしてまで素敵なイラストを描いてくださったびねつ様、そして何より本作を手に取っていただいた読者の皆様に格別の感謝を申し上げます。またどこかでお会いしましょう。

〈参考文献〉
『〝今〟起こっても不思議ではない　天体衝突の危機』（布施（ふせ）哲治著、誠文堂新光社）
『池島全景　離島の《異空間》』（黒沢永紀著、三才ブックス）

本書に対するご意見、ご感想をお寄せください。

ファンレターあて先
〒 102-8177　東京都千代田区富士見 2-13-3
電撃文庫編集部
「野宮 有先生」係
「ぴねつ先生」係

本書は、「電撃ノベコミ+」に掲載された『どうせ、この夏はおわる』を加筆、修正したものです。

電撃文庫

どうせ、この夏は終わる

野宮 有

2023年12月10日　初版発行

発行者　山下直久
発行　株式会社KADOKAWA
〒102-8177　東京都千代田区富士見2-13-3
0570-002-301（ナビダイヤル）
装丁者　荻窪裕司（META＋MANIERA）
印刷　株式会社暁印刷
製本　株式会社暁印刷

●お問い合わせ
https://www.kadokawa.co.jp/（「お問い合わせ」へお進みください）
※内容によっては、お答えできない場合があります。
※サポートは日本国内のみとさせていただきます。
※ Japanese text only
※定価はカバーに表示してあります。

ISBN978-4-04-915129-9　C0193　Printed in Japan

電撃文庫　https://dengekibunko.jp/